Bugail Geifr Lorraine
Émile Souvestre

Ffrainc, y 1420au. Mae'r Ffrancod a'r Saeson wedi bod yn brwydro dros oruchafiaeth am ddegawdau, gan droi pob cornel o'r wlad yn faes brwydr. Bugail digon di-nod yw Remy nes i farwolaeth ei dad arwain at ddarganfyddiad annisgwyl am ei orffennol ef ei hun. Gyda'i fentor, y mynach Cyrille, cychwynna Remy ar daith i hawlio'i etifeddiaeth; ar yr un pryd daw sibrydion am yr arwres newydd Jeanne D'Arc, sy'n bwriadu erlid y Saeson o'r wlad unwaith ac am byth.

R. Silyn Roberts oedd un o feirdd pennaf y mudiad Rhamantaidd yng Nghymru, ond ysgrifennodd hefyd ddwy nofel yn ystod y 1900au. Cyhoeddwyd *Bugail Geifr Lorraine*, ei gyfieithiad ef o nofelig hanesyddol Émile Souvestre *Le Chevrier de Lorraine*, yn wreiddiol yn 1925; mae'r argraffiad newydd hwn mewn orgraff fodern yn cyflwyno'r antur gyffrous hon i ddarllenwyr o'r newydd.

Émile Souvestre

Bugail Geifr Lorraine

Troswyd o'r Ffrangeg i'r Gymraeg gan

R. Silyn Roberts

Clasuron Byd Melin Bapur
Golygydd Cyffredinol: Adam Pearce

Émile Souvestre (1806-1854)
Engrafiad anhysbys c. 1855.

Robert Silyn Roberts (1871-1930)
Tynnwyd y llun rywbryd yn yr 1890au.

Cynnwys

Rhagair y Cyfieithydd

Byddai llên Ffrainc yn llawer tlotach pe tynnid ohoni athrylith Llydaw. Gŵr o Lydaw oedd Émile Souvestre, awdur stori'r Bugail Geifr. Ganwyd ef ym Morlaix, yn y flwyddyn 1806, a bu farw yng nghanol ei ddyddiau yn 1854. Llenyddiaeth a aeth â'i fryd o'i febyd, er iddo yn gynnar orfod troi allan i ennill ei damaid am fod ei rieni'n dlodion. Bu'n gweithio gyda llyfrwerthwr am ysbaid, ac wedi hynny bu'n athro ac yn newyddiadurwr.

Dechreuodd fel llenor gyda disgrifiadau rhamantus o fro ei enedigaeth, Llydaw, ei llynnau a'i hafonydd, ei chlogwyni a'i grug a'i heithin, ei gweddillion derwyddol a llên ei gwerin. Yn ddeg ar hugain oed aeth i Baris i fyw ac i ymroi'n llwyr i lenyddiaeth. Ei waith mwyaf adnabyddus, fe allai, ydyw *Un Philosophe sous les Toits* (Athronydd y Nennawr). Enillodd y gyfrol hon iddo goron Academi Ffrainc. Teitl cyflawn y gyfrol yw "Athronydd y Nennawr, dyddiadur dyn dedwydd." Ynddi, mewn arddull swynol tros ben, disgrifia fywyd prifddinas Ffrainc. Gwaith arall enwog ac adnabyddus yw ei *Les Derniers Bretons*. Ysgrifennodd hefyd doreth o bethau eraill, yn enwedig llên i'r ieuanc.

Yn ystori *Bugail Geifr Lorraine* nid yw'r awdur yn adrodd hanes dal Jeanne D'arc yn hollol gywir. Prin yr oedd yn Ffrainc, y mae'n wir, yr adeg honno, adyn mwy anfad na Guillaume de Flavi, llywodraethwr Compiêgne, ond ni wyddys am ddim mewn ysgrifen o'r cyfnod hwnnw i brofi bod ganddo law ym mradychu'r llances wlatgar hon. Ond gwyddai Souvestre, y mae'n amlwg, am y traddodiad ymhlith y werin fod a fynnai Flavi â'r ysgelerwaith, a gwyddai hefyd fod cnewyllyn o wir mewn hen draddodiad yn ei gadw yn fyw am ganrifoedd. Gwyddys i sicrwydd mai

un o filwyr Lionel de Vendôme, o dir Bwrgwyn, a ddaliodd
y llances wrol mewn ysgarmes y tu allan i fur y ddinas, ac i
Lionel ei gwerthu i John de Luxembourg; ac yn y diwedd
i'r Saeson ei phrynu a thalu deng mil o Ffrancod amdani er
mwyn cael dial eu llid arni am feiddio eu rhwystro hwy i
dreisio ei gwlad. Wedi ei chael i'w dwylo, llosgasant hi'n fyw
yn Rouen ar y degfed dydd ar hugain o Fai, 1431, cyn ei
bod yn llawn ugain oed. Un o weithredoedd nerthol arfau
Lloegr ydoedd hon, hafal i gamp Edward I yn amharchu
corff marw Llywelyn ap Gruffydd, neu orchest anfarwol yr
Arglwydd Kitchener ar weddillion y Mahdi yn ein hoes ni.
Gwladgarwch oedd pechod anfaddeuol pob un o'r tri.
Gweithredoedd fel y rhai hyn sy'n esbonio ysbryd yr hen
fardd yn canu i'w fwyell ryfel:

> *Torred ei syched ar sais,*
> *W tresed ar waed trisais.*[*]

Bid a fo am euogrwydd Guillaume de Flavi, y mae'r
darlun a gawn yn y stori hon o fywyd cyfnod Jeanne D'arc
yn gywir a byw iawn. Crefydd Rhufain oedd crefydd
gorllewin Ewrob; a thebyg yn ei brif nodweddion i fywyd
Ffrainc oedd bywyd Cymru y pryd hwnnw. Ugain mlynedd
cyn merthyrdod Jeanne D'arc yr oedd rhaib a gormes
milwyr Lloegr yn drwm yng Nghymru, a chyflwr y wlad yn
bur debyg i'r portread o Ffrainc yn stori'r bugail geifr. O
ran amser gallasai Owen Glyn Dŵr fod yn daid, neu yn wir
yn dad, i Jeanne D'arc.

Fel y dengys Mr. G. Bernard Shaw yn rhagymadrodd
Saint Joan, ei ddrama fawr a gyhoeddwyd yn ddiweddar,
dyma'r pryd y ganwyd syniad cenedlaetholdeb yn ystyr
ddiweddar y gair; a gellir edrych ar Jeanne D'arc fel un o
ragflaenoriaid Protestaniaeth. Ysgymunwyd hi gan Eglwys

---

[*] Hywel Rheinallt, G.16

Rufain ar derfyn wythnosau o braw yn Rouen yn 1431 ar ddau gyhuddiad, yn gyntaf, ei bod yn gwrthod cydnabod yr Eglwys Filwriaethus ar y ddaear yn uwch awdurdod na'r Llais yn ei henaid hi ei hun; ac yn ail, am ei bod fel milwr yn mynnu gwisgo dillad gwryw. Ac am y camweddau enbyd hyn y llosgodd y Saeson hi, ac nid, wrth gwrs, am iddi hi eu gorchfygu hwy a'u hela a'u gyrru'n heidiau esgeirnoeth o bared i bost ac o bant i bentan. Bellach, mae Eglwys Rufain hithau wedi ei gosod ymhlith y saint.

Ni honnir cywirdeb manwl a dysgedig yn y gwaith hwn; ceisiwyd trosi'r stori mor llythrennol ag y gellid heb amharu ystwythder y brawddegau Cymraeg. Ni chyfieithwyd geiriau a brawddegau Lladin syml a geir yma ac acw yn y llyfr; camgymeriad a fuasai gwneuthur hynny, am fod y Lladin mor naturiol a hanfodol yn y Gymraeg ag ydyw yn y Ffrangeg. Rhoddwyd ar y diwedd ychydig o nodiadau syml er hwylustod y darllenydd, a cheir yn y rhai hynny gymaint o eglurhad ag sydd yn eisiau ar y Lladin. Ni cheisiwyd newid dim ar y rhan fwyaf o'r enwau gwreiddiol, am fod enwau, yn anad dim, yn cadw yn y cyfieithiad lawer o flas a sawyr y gwreiddiol. Gwnaed un neu ddau o eithriadau, fodd bynnag, lle yr oedd wrth law ffurfiau a arferir mewn llenyddiaeth Gymraeg hŷn, fel Bwrgwyn am Bourgogne.

Os caiff y darllenydd bleser wrth ddarllen y stori, ac yn enwedig os cyfyd ei ddarllen ynddo awydd am wybod mwy am ryddiaith ddigymar Ffrainc, fe fydd cyhoeddi'r cyfieithiad wedi ei gyfiawnhau.

Dymunaf ddiolch i fy nghyfaill dawnus, Mr. David Thomas, awdur *Y Cynganeddion Cymreig*, a chyfrolau eraill, am ddarllen y proflenni ac am fwy nag un awgrym gwerthfawr.

R. S. R.
COLEG Y GOGLEDD, Awst, 1924.

Rhagair i Argraffiad Melin Bapur

Mae'n bosib na fyddai Émile Souvestre yn awdur fyddai disgwyl ei gynnwys mewn cyfres Clasuron Byd; nofelydd yw sydd yn llawer llai adnabyddus heddiw nag y bu yn ei oes ei hun, a nofelydd hefyd a fu'n fwy adnabyddus o hyd y tu fewn i'w wlad ei hun na thu allan. Fodd bynnag, a ninnau'n paratoi argraffiad newydd o nofel Silyn *Llio Plas y Nos* ar gyfer ein cyfres Llyfrgell Gymraeg, barnwyd mai priodol fyddai paratoi argraffiad newydd hefyd o gyfieithiad y llenor-fardd o'r nofelig fach hon a'i chyhoeddi fel rhan o'n cyfres Clasuron Byd ochr-yn-ochr gyda'i nofel.

Cyfieithwyd nifer fawr iawn o nofelau i'r Gymraeg yn ystod y cyfnod hwnnw, 1880-1920 pan oedd y nofel Gymraeg ei hun yn magu'i phlu, a phan oedd toreth o bapurau newyddion Cymraeg wrthi'n cael eu hargraffu'n fisol ac yn wythnosol. Yn amlach na pheidio, fodd bynnag, digon llac oedd arferion cyfieithwyr a golygyddion wrth wneud: byddai cyfresi'n ymddangos yn aml heb enw'r cyfieithydd, neu hyd yn oed heb enw'r awdur, ac weithiau heb unrhyw awgrym allanol i gadarnhau mai cyfieithiadau ydynt. Mae stori gyfres a ymddangosodd ym Mhapur Pawb yn 1900 ac 1901 dan y teitl *Cledd ac Ystryw* yn enghraifft eithafol: mae iddi'r isdeitl 'Rhamant o Ffrainc', ond nid oes enw nac awdur na chyfieithydd i'w weld. Beth yw'r stori? Dim llai na chyfieithiad (talfyredig) i'r Gymraeg o nofel Alexandre Dumas, *Les Trois Mousquetaires* (Saes. *The Three Musketeers*), un o weithiau rhyddiaith mawr gwareiddiad y Gorllewin yn y bedwaredd ganrif ar bymtheg ("Rhamant o Ffrainc....!"). Mae yna brosiect ymchwil fawr yn aros i rywun sydd â'i fryd ar gatalogio a dadansoddi'r holl gyfieithiadau hyn.

Fodd bynnag, yn ddiweddarach, dechreuodd pethau newydd, ac ar ddechrau'r 1920au dechreuwyd cyhoeddi *Cyfres y Werin* (ysbrydoliaeth Clasuron Byd Melin Bapur), ymgais o ddifri i ddechrau cyhoeddi cyfieithiadau Cymraeg o weithiau ieithoedd tramor amrywiol. Roedd rhai o enwau mawr yr iaith Gymraeg yn gysylltiedig gyda'r gyfres honno: ag enwi tri yn unig, T. Gwynn Jones, Saunders Lewis, T. H. Parry-Williams. Fel mae'n digwydd nid oedd cyfieithiad R. Silyn Roberts o nofelig Souvestre'n ran o'r gyfres, ond fe'i cyhoeddwyd tua'r un amser (yn 1925) ac mae'n dystiolaeth i'r ffaith bod llenorion Cymraeg y cyfnod yn dechrau archwilio cyfieithu llenyddol o ddifri, nid dim ond fel ffynhonnell hawdd ar gyfer llenwi colofnau papurau newydd.

Ysgrifennwyd nofel Souvestre, *Le Chevrier de Lorraine*, yn 1845 yn wreiddiol. Llydäwr oedd yr awdur (er mai yn Ffrangeg yr ysgrifennai) a ddaeth yn enwog yn Ffrainc am straeon o'i famwlad, ond yn annisgwyl, efallai, o gofio'r cysylltiadau ieithyddol a diwylliannol rhwng Cymru a Llydaw, nid yw'r nofel a ddewisodd Silyn ei gyfieithu'n gysylltiedig â Llydaw o gwbl (er, hwyrach bod rhywfaint o apêl iddo yn y ffaith mai'r Saeson yw gelynion yr hanes). Stori antur digon syml yw *Bugail Geifr Lorraine* yn ôl confensiynau'r bedwaredd ganrif ar bymtheg: bachgen ymddangosol di-nod (Bugail y teitl) sy'n darganfod ei fod o dras fonheddig; gwneir sawl ymgais i'w ladd gan amryw o gymeriadau dieflig, a chaiff ei hachub drachefn gan arwres y dydd, Jeanne d'Arc. Dyma'r math o nofel y tueddai beirniaid Cymraeg eu dilorni gyda'r enw 'Rhamant', oherwydd ynddynt rhoddwyd yr oruchafiaeth i blot a stori dros unrhyw fewnwelediadau seicolegol neu grefyddol; fodd bynnag, ffordd o'u diystyru fel math israddol o lenyddiaeth oedd hynny. O farnu'r straeon hyn ar eu termau eu hunain—am yr hyn yr ydynt, yn hytrach na'r hyn nad ydynt—mae ynddynt lawer iawn i'w fwynhau a'i gwerthfawrogi.

Mae enw Silyn yn gysylltiedig yn glir â Rhamantiaeth, ac er bod cyfnod rhamantaidd llenyddiaeth Gymraeg yn dirwyn i ben erbyn 1925 ni ollyngodd Silyn erioed ei afael ynddi mewn gwirionedd. Er na fu iddo ymweld â'r oesoedd canol mewn rhyddiaith heblaw am gyda'i gyfieithiad, mae cysylltiadau amlwg rhwng *Bugail Geifr Lorraine* a nofel fel *Llio Plas y Nos* sydd, mewn gwirionedd, yn fath o ramant ganoloesol sifalrig wedi'i drawsblannu i'r ugeinfed ganrif. Mae'n amlwg fod y math yma o stori'n apelio ato, ac yn y cyfieithiad coeth, urddasol hwn mae'n cyflwyno stori syml iawn mewn iaith digon barddonol: mwy barddonol, efallai, nag y mae'r ffynhonnell yn gofyn mewn gwirionedd, ond does dim cwyno am hynny.

Gol. 2024

Wrth olygu testun y cyhoeddiad gwreiddiol yn 1925, rydym wedi gwaredu atalnodi sy'n ddiangen yn ôl orgraff fodern (e.e. 'does, 'roedd), diweddaru sillafiadau archaig (e.e. myned > mynd, goreu > gorau; eisys > eisoes, goleu > golau ac ati) ac wedi newid ambell i dro orgraffyddol henffasiwn (e.e. y gwaith hwn > y tro hwn) lle barnwyd y byddai eu cadw'n aflonyddu mwy na'u newid. Rydym wedi cadw geirfa goeth hyfryd Silyn, gan ychwanegu troednodiadau yn ôl y galw. Rydym wrth gwrs wedi cadw ôl-nodiadau gwreiddiol swmpus Silyn, gan eu bod yn rhan hollol hanfodol o'r testun ac yn ychwanegu nid ychydig at ei diddordeb a'i phwysigrwydd. Yn y llyfr gwreiddiol rhoddwyd y nodiadau yng nghefn y llyfr; yn y gyfrol hon rydym wedi eu rhannu. Lle'r oedd y nodiadau yn rhai byr esboniadol, fe'u gosodwyd fel troednodiadau ar waelod y dudalen berthnasol a'i llofnodi 'RSR' er mwyn gwahaniaethu rhyngddynt a'r nodiadau a ychwanegwyd ar gyfer yr argraffiad hwn. Cadwyd nodiadau manylach, hirach y cyfieithydd yng nghefn y llyfr; mae'r rhifau yn y testun fel hyn (1) yn dangos bod cyfeiriad at un o'r nodiadau hirion hyn ar ddiwedd y llyfr.

BUGAIL GEIFR LORRAINE

Pennod I

Rhwng Neufchâteau a Vancouleurs ymestyn dyffryn ir, yr afon Meuse yn ei ddyfrhau, ac ar y bryniau o'i ddeutu feysydd âr, llwyni, ffermydd a phentrefi. Ofer i deithwyr chwilio am lannerch dawelach a ffrwythlonach. Yno teimla dyn fod miloedd o filltiroedd rhyngddo a gwareiddiad y trefi mawrion; eto nid anwar mo'r lle, ac ni cheir yno argoel na thrueni nac anwybodaeth; cuddir y cwysi â chnydau, y porfeydd â diadelloedd, y priffyrdd â gweddoedd. Pwyllog a rhydd yw'r gwŷr, a pharod eu croeso wrth gyfarfod â chi; y gwragedd yn hardd a rhadlon, yn gwenu'n ddiwair arnoch wrth fynd heibio. Ar bob llaw cewch hynawsedd rhwydd urddasol heb arno arlliw gwaseidd-dra. Teimlwch eich bod yn Lorraine doreithiog, yng nghanol gwerin iach, wrol a pharod ei chydymdeimlad, pobl â natur merch a natur milwr yn cydgyfarfod ynddynt.

Yr adeg y digwyddodd y pethau yr ydys ar fedr eu hadrodd, yno, fel ym mhobman arall, newidiasai'r anffodion meithion a ddilynasai wallgofrwydd Siarl VI (1) gymeriad dynion a golwg pethau, llawer maes yn ddiffaith a'r ffyrdd yn anodd eu tramwyo. Bron bob dydd parai clochdy'r castell ddychryn yn y dyffryn trwy gyhoeddi bod byddin gelyn yn dynesu. Prysurai'r bythynwyr i gasglu eu hanifeiliaid ynghyd a dodi eu dodrefn gorau ar gerbydau i'w dwyn i'r gaer lle y caent nodded dros amser. Ond peri colled feunyddiol a wnâi anwadalwch fel hyn; dilynai gwasgfa, yna digalondid a thrueni.

A gwaeth fyth yr anffodion oherwydd yr ymraniadau. Glynai pob pentref wrth blaid wahanol, ac felly, yn lle swcro'i gilydd, ni pheidiai cymdogion ag ymladd â'i gilydd a niweidio'r naill y llall. Pleidiai un yr Armaeniaciaid (2) a brenin Ffrainc, Siarl VII, a'r llall y Saeson a'u cynghreiriaid y Bwrgwyniaid. Yn anffodus, y rhai olaf hyn oedd gryfaf a lluosocaf bron ym mhobman. Nid yn unig yr oedd Lloegr yn feistres ar y rhan fwyaf o Ffrainc, eithr gosodasai hefyd dywysog Seisnig, sef y duc Bedford, yn ben y llywodraeth, a throesai pobl Paris i'w bleidio.

Bellach deffroesai dychweliad y gwanwyn obeithion ym mronnau pobl y torasai'r gaeaf hir eu calonnau. Wrth weld y dolydd yn glasu a'r coed yn deilio, ymwrolent. Mwynhâi'r mwyaf anffodus y cysur cyntaf hwn a ddug llawen heulwen Mai. Wrth wylio ail ddyfodiad y pelydrau cynnes, y gwyrddlesni a'r blodau, prin y medrent gredu nad ailenid achos Ffrainc yr un fath ag wyneb ei thir.

"Ni fydd Rhagluniaeth yn galetach wrth ddynion nag wrth y meysydd!" ebr yr hen bobl.

Ac felly ymroddid i obeithio, heb gymhelliad i hynny, namyn bod Duw wedi rhoi arwyddion gweledig o'i rymuster.

Pentref ar lethr y dyffryn y buom yn siarad am dano oedd Domremy, a theimlasai ei breswylwyr, fel pawb arall, gyfaredd gwyrddlesni cyntaf y flwyddyn. Wedi cymryd calon yn nyfodiad y dyddiau braf, mynasant ddathlu gŵyl y gwanwyn trwy ymdeithio yn osgordd at bren y tylwyth teg.

Hen bren ffawydd oedd hwn, yn tyfu ar y ffordd o Domremy i Neufchâteau, ac wrth ei droed ffrydiai ffynnon gref. Perchid ef yn y wlad honno fel pren lledrith y deuai'r tylwyth teg bob nos i ffurfio'u cylch o dano yng ngolau'r sêr. Bob blwyddyn rhodiai arglwydd y cantref, a llanciau, llancesi, a phlant Domremy yn ei ddilyn, at foncyff y ffawydden fawr i'w haddurno â choronau blodau a rhubanau.

Yn awr, y diwrnod hwn, yr oedd tyrfa luosog newydd orffen y seremonïau arferol ac yn paratoi i fynd yn ôl i'r pentref.

                                                      Émile Souvestre

Ar y blaen gwelid nifer o foneddigion yn gwisgo sidan ac yn marchogaeth ar feirch, ac yn eu plith rai merched bonheddig yn dwyn wrth eu gwregys swp o allweddau i ddangos eu teitl, sef meistresi cestyll, a rhai merched ieuainc â thaleithiau* o leiniau gwydr lliw yn gymysg â phaderau mwsg yn eu dwylo. O'u hôl hwy deuai'r gweithwyr yn gwisgo brethyn melyn gyda gwregys a phwrs o groen gafr; yna'r llancesi a'r plant yn canu cerddi'r gwanwyn i ddathlu dyfod y dyddiau teg. Yma ac acw o'u hôl hwy cerddai nifer o weiniaid a ddaethai i geisio adennill eu nerth yn gynt trwy rodio deirgwaith o amgylch yr hen ffawydden, a rhai cleifion a gludasid i'r ffynnon er mwyn i'w dyfroedd wella eu clefyd. Ac yn olaf, yn y rheng ddiweddaf, ymlwybrai teulu o ŵr a gwraig eisoes mewn oed, â thri mab a dwy ferch yn eu dilyn.

Difrif ac onest oedd wynebau'r tad a'r fam, a symlrwydd agored ar wynebau'r bechgyn; cerddai'r ferch ieuengaf yn ei blaen dan ganu fel aderyn; ond am ei chwaer hŷn, a ddeuai'n olaf, ni ellid edrych ar honno heb synnu at dynerwch, nerth a phurdeb ei holl berson. Cerddai hi'n arafach ac adroddai'n isel ei llais weddi a ymddangosai'n llenwi ei holl fryd, nes i dwrf sydyn gyrraedd clust y dyrfa.

Troai pob llygad tua'r ffordd, ar honno cyfodai cwmwl o lwch.

"Dyma bobl Marcey yn mynd i ymosod arnom," llefai llawer llais.

Bu dychryn mawr ar y gwragedd a'r llancesi, a phob un yn cychwyn ffoi tua'r pentref.

Ochr y Bwrgwyniaid a gymerai Marcey, a chawsid aml i ysgarmes rhwng eu gwŷr ieuainc a gwŷr ieuainc Domremy. Ond y tro hwn byr fu parhad y dychryn; fel y dynesai'r

---

* Taleithiau (Chapelets): Yng nghadwyn y rosari ceir gleiniau bach a mawr bob yn ail; wrth fynd tros y rhai mawr dywedir y pader, a'r *ave Maria* wrth fynd dros y rhai bach. RSR

tawch gellid canfod nad oedd yno namyn rhyw bump neu chwech o fechgyn yn ymlid un arall â cherrig ac yn llefain:

"Lleddwch o! Lleddwch yr Armaeniac!"

Nid oedd pawb o wŷr Domremy wedi dychryn, a phan waeddodd y rheiny yn eu tro, "Lleddwch y Bwrgwyniaid!" trodd yr ymosodwyr yn eu holau ar redeg tua Marcey.

A'r un a erlidid, safodd yntau ynghanol y bobl oedd newydd ei waredu mor rhagluniaethol, yn chwys a llwch a gwaed drosto. Bachgen ydoedd, tua phymtheg oed, cryf, bywiog, ond tlotach ei wisgiad na'r bugail geifr tlotaf yn y dyffryn.

"Y nefoedd fawr! Pam roedd y llymrigwn* uffern yna yn d'erlid di?" holai un o'r dynion a ddaliasai eu tir pan oedd y lleill wedi dychrynu.

"Ceisio roeddynt wneud i mi waeddi 'Byw fo'r duc Philippe,' y brenin Seisnig!" atebai'r llanc.

"A fynnit tithau mo hynny?"

"Mi atebais: 'Byw fo'r brenin Siarl VII, ein hannwyl dywysog a'n cyfreithlon bennaeth.'"

Sŵn cymeradwyaeth i hyn a glywid ar bob llaw.

"Dyna eiriau dewr," ebr y gwladwr, "a diolch i Dduw am i ni fedru dy waredu di rhag y giwed yna, a chywilydd i bobl Domremy yw bod y cŵn Bwrgwyn ym Marcey yn medru cnoi pob Ffrancwr pur sy'n dod y ffordd yma; rhaid i ni roi terfyn ar y peth ryw ddiwrnod trwy roi tân dan 'i cianael† nhw."

Cymeradwyai rhai lleisiau'r geiriau hyn, ond eraill callach a gynghorai amynedd. Ail gychwynnodd pawb tua Domremy; a chan fod y llanc yn brysur yn ceisio atal y gwaed a lifai o archoll ysgafn a gawsai ar ei dalcen, gadawyd ef yn fuan ar ei ben ei hun ar ôl.

---

* Llymrig – llwm, llipa, egwan; llymrigwn – pobl llymrig.
† Cianael – cwt ci (gw. Saesneg *kennel*)

O leiaf credai ef hynny, oblegid ni welsai mo'r ferch ifanc a adawsai i weddill ei theulu fynd i'w taith, ac a nesasai ato â'i hwyneb yn llawn o dosturi caredig.

"Y mae'r hogiau drwg wedi'ch brifo chi," ebr hi wrth edrych ar yr archoll a olchai ef yn y ffynnon. "O, y mae'n resyn gweld gwaed pobl dda yn rhedeg fel hyn ym mhob cyfeiriad; nid oes yma ond diferynnau, mewn lleoedd eraill rhed yn ffrydiau ac afonydd."

"Ie," atebai'r llencyn, "y Bwrgwyniaid sy'n fwyaf ffodus ym mhobman; dywedid y dydd o'r blaen yn Commercy eu bod wedi curo'r Ffrancwyr eto yn ymyl Verdun. A phan own i'n gwarchod y geifr yn Pierrefitte fe ddwedid y byddai popeth yn fuan dan eu traed."

"Fyn y Meistr Mawr mo hynny," meddai'r llances yn fywiog, "na, fe geidw Ef ein gwir frenhinoedd i ni er mwyn i ninnau barhau'n Ffrancwyr cywir. O, y mae gen i ffydd yn y Meistr, ac yn ei fendigaid gwmni, Michel Sant, Catherine Sant, a Marguerite Sant."

Gyda'r geiriau hyn ymgroesodd yn ddefosiynol, penliniodd ac offrymodd weddi ddwys mewn llais isel; wedi hynny ail ddechreuodd holi'r llanc amdano'i hun.

Atebodd yntau mai ei enw oedd Remy Pastouret, mai bugail geifr tlawd oedd ei dad, a'i fod newydd farw; ei fod yntau ar ei ffordd i ymweld â châr iddo ym mynachlog y Carmeliaid*, yn Vassy.

Yn dâl am ei gyfrinach ef dywedodd y llances hithau y gelwid hi yn Romée (3) ar ôl ei mam, ac mai Jeanne oedd ei henw bedydd, fod gan ei thad dŷ a rhai meysydd, a'u bod yn llwyddo i fyw yn fain ar gynnyrch y rhai hynny.

A than ymddiddan felly cyraeddasant y pentref. Holodd Jeanne ple yr oedd Remy yn mynd i dreulio'r noson.

---

* Carmeliaid: Urdd o "frodyr" yn byw ar elusen ac yn cymryd eu henw oddiwrth Fynachlog Mynydd Carmel. RSR

"Yn y lle y treuliais y tair diweddaf," ebr y bugail ifanc; "wrth borth yr eglwys, y garreg yn wely a'r nef serennog yn babell."

Gofynnodd Jeanne iddo ar beth y bwriadai swperu.

"Ar grystyn o fara caled wedi ei fwydo yn ffynnon y pentref," ebr yntau.

Mynnai hithau wybod beth oedd ganddo at barhau ei daith hyd yn Vassy.

"Iechyd da a Rhagluniaeth Dduw," ebr Remy.

"Am yr olaf fe gewch hwnnw'n siŵr," atebodd Jeanne dan wenu; "ond hefo'r bara caled mi allaf fi roi llaeth ein geifr, ac yn lle cysgu ar garreg y porth cewch le dan do Cristnogion."

Gyda'r gair arweiniodd ef at dŷ â'i do gwellt wedi ei addurno â mwswg ac ambell dusw o redyn. Yr oedd y teulu ar fedr eistedd wrth y bwrdd. Gwnaeth Jeanne i Remy fynd i mewn, dangosodd iddo'r lle a fwriadasid iddi hi ei hun, ac yna ymneilltuodd i gongl y pentan i weddïo.

Ni wnaeth neb sylw o'i gwaith yn gosod y bachgen dieithr yn ei lle ei hun; yr oedd pawb wedi hen arfer â pheth felly. Gwyddai fod ei theulu yn rhy dlawd i roddi elusen, ac ni fynnai i'w haelioni hi gyfyngu ar raid neb o'r lleill, felly ni roddai elusen byth ond o'r hyn a ddigwyddai o'r da i'w rhan hi; a rhoddai i'r tlawd a wahoddai i mewn ei lle wrth y bwrdd a'i gwely gwellt.

Bwriasid brigau ar y tân er mwyn sirioldeb yn ogystal ag i leddfu min awel yr hwyr; ac wedi i Remy a'r teulu nesu i'r aelwyd, dechreuodd hi ei holi ynghylch y pethau a glywsai am helyntion Ffrainc. Adroddodd Remy y newyddion a gawsai ar y ffordd, a pharai clywed am bob anffawd i'r eneth ochneidio a chroesi ei dwylo.

"O, pe medrai'r llancesi ado'r droell a'r diadelloedd," ebr hi, "fe allai yr edrychai'r Meistr Mawr ar eu duwiolfrydedd ac y rhoddai iddynt y fuddugoliaeth a wrthyd i rai cryfach."

Ond ysgwyd ei ben a wnâi ei thad oedrannus wrth y geiriau hyn, ac ateb:

"Ffôl yw meddwl pethau felna, Romée; meddyliwch fwy am Benoist de Toul, ac yntau'n disgwyl eich cael yn wraig onest a gweithgar; nid oes a allom ni wrth amgylchiadau'r byd; gwaith ein tywysogion uchelwaed, gyda chymorth Duw, yw eu trefnu hwy."

Trannoeth cododd Remy ar lasiad y wawr; cafodd Jeanne eisoes gyda'i gwaith. Wedi diolch iddi am a wnaethai erddo, holodd hi am y ffordd i Vassy. Yr oedd y llances ar gychwyn i arwain y diadelloedd i'r comin, felly arweiniodd ef ei hunan hyd y groesffordd gyfagos, ac wedi dangos iddo'r cyfeiriad y dylai fynd:

"Ewch rhagoch o hyd nes cyrraedd y Marne," ebr hi, "a phan ddowch at groes neu eglwys nid anghofiwch deyrnas Ffrainc yn eich gweddïau."

A chyda'r geiriau hyn rhoddodd iddo'r bara oedd ganddi'n ginio iddi ei hun, a hefyd dair ceiniog, sef cymaint oll ag a gynilasai; ac am y mynnai ef ddiolch iddi, neidiodd yn ysgafn ar y ceffyl a dywysai, a gyrrodd ef ar garlam tua'r coed, a'r gweddill o'r ddiadell yn ei dilyn.

Gan nad beth oedd trueni pobl Lorraine o achos gorthrech y frenhiniaeth o'r blaen a helyntion gwleidyddol yr amser presennol, gallent eu cyfrif eu hunain yn ffodus wrth gymharu eu byd â chyflwr y taleithiau oddi amgylch. Gallent hwy amaethu eu tir ganol dydd golau, lladd a dynnu eu hyd a phorthi eu praidd ar y bryniau; yr oedd y wlad wedi ei thlodi, ond nid wedi ei llwyr anrheithio. Gwesgid ar bopeth gan ysbeiliadau garsiynau'r gwahanol drefi a chan heidiau o Fohemiaid * ac anturiaethwyr arfog (4) yn

---

* Byddai dynion o wledydd bychain fel Bohemia yn aml yn gwasnaethu fel hurfilwyr (*mercenaries*) ym myddinoedd rhyfeloedd gwledydd mawr Ewrop; ceir sawl enghraifft o Gymry'n gwneud hyn, Owain Lawgoch yn eu plith.

anrheithio; rhuthrai'r rhain allan o'r llwyni gyda'r nos fel bleiddiaid i geisio ysglyfaeth. Ac eto, dihangai'r pendefigion yn eu cestyll caerog rhag y colledion hyn. Wedi ymgyfoethogi yn llawnder y ganrif o'r blaen ni ofalent hwy am ddim ond mwynhau eu golud. Ni fu moethusrwydd erioed mor afradlon ac ynfyd. Gwisgai'r merched am eu pennau dyrau aruthr eu maint yn llawn o berlau a lasiau; ar flaenau eu hesgidiau crogai cnapiau o aur; ac yr oedd eu gwisgoedd o felfed, o sidan neu o bali, ac yn disgleirio gan feini gwerthfawr.

Hyd yn hyn ni feddai'r teithiwr ieuanc un syniad am y golud hwn, ond digwyddodd anturiaeth heb ei disgwyl i agor ei lygaid ar y peth.

Yr oedd newydd basio trwy bentref tlodaidd lle y gwelsai'r trigolion yn brysur yn ceisio dal llyffaint mewn llyn i'w cinio, pryd y cafodd ei hun o flaen castell. Cylchynid ei furiau â ffos yn llawn o ddŵr rhedegog, ac ar y dŵr nofiai haid o elyrch claerwyn eu plu. Wrth wylio'u symudiadau gosgeiddig, clywodd Remy yn sydyn anferth dwrf yn codi o'r tu ôl iddo. Trodd a gwelodd ferch ifanc a'i cheffyl wedi rhusio ac yn rhedeg tua'r ffosydd. Safai llawer o foneddigion a llawer o weision wrth y bont, ac yn eu cyfyngder yn codi eu breichiau a'u lleisiau. Ychydig eiliadau'n hwy a byddai'r march dychrynedig wedi ei fwrw ei hun i'r dŵr. Yn nhwymniad y foment, ac heb ystyried y perygl, neidiodd Remy i gyfarfod ag ef, cydiodd yn yr afwynau, a chymerodd ei lusgo ganddo hyd at lan y gamlas, ac yno baglodd y ceffyl. Trwy hynny bwriwyd merch y castell o'i chyfrwy tros ben yr anifail; ond daliodd Remy hi yn ei freichiau a gosododd hi'n dyner ar y llawr.

Digwyddodd hyn oll mor sydyn nes bod y ferch ifanc eisoes ar ei thraed a bron wedi bwrw ymaith ei dychryn erbyn i'r boneddigion gyrraedd. Ac am Remy, neidiasai ef ar ôl y march, ac nid hir y bu cyn ei ddwyn yn ôl gerfydd yr afwyn.

"Dyma fo, Perinette, dyma fo," ebr yr hynaf o'r boneddigion, yn amlwg yn ateb i gwestiwn y ferch ifanc. "Tyrd yma, lanc dewr, fel y caffom ddiolch i ti am dy gymwynas i fy merch i."

"Hebddo ef mi fuasai ar ben arnaf," meddai Perinette, â'r cryndod eto heb lwyr ado'i llais.

"Dowch, dowch, y mae'r cwbl drosodd," ebr gŵr y castell, dan anwylo ei llaw; "ond pam ddiawl mynd i gyfarfod â'n gwesteion ar farch? Ond 'ran hynny, dyma nhw i gyd wedi cyrraedd, a'r cyfan sy' gen ti i'w wneud yw eu croesawu nhw."

Archodd Perinette yn chwa i wesyn ifanc dwysu ei cheffyl i'r castell, a gwahoddodd Remy i'w ddilyn; yna rhodiodd rhagddi efo'i thad i gyfarfod â nifer o wragedd a gwŷr bonheddig a gyfeiriai tua'r bont godi.

Yr oedd gwledd fawr i fod y dydd hwnnw yng nghastell yr arglwydd de Forville, ac yr oedd holl fonedd y cylchoedd wedi eu gwahodd iddi. Ar ôl dal swyddi pwysig, a thrwy'r rheiny chwyddo ei ffortiwn yn ddeg cymaint, yr oedd yr arglwydd de Forville yn byw mewn cyfoeth tywysogaidd, heb arno ofal am ddim ond gwneud ei fywyd, yn ei eiriau ef ei hun, "yn llwybr dymunol i Baradwys." Cawsai Remy ei osod dan ofal goruchwyliwr y castell gan Perinette, a gwisgwyd amdano yn hardd yn lifrai'r arglwydd de Forville, a daeth i lawr i'r brif neuadd gyda bechgyn eraill y castell.

Yno gosodasid bwrdd mwy na thrigain troedfedd o hyd ac arlwy ryfeddol arno. Ar ei ddau ben safai adeiladau coed, mynydd Parnassus oedd un, gydag Apollo a'r Awenau, a'r llall yn uffern, a'r ellyllon i'w gweld ynddi yn rhostio'r colledigion. Yn y canol gwelid peth fel pastai aruthrol yn llawn o gerddorion, ac fel y deuai'r gwesteion i mewn dechreuai'r rheiny ganu symffoni swynol wedi ei chyfansoddi ar alaw enwog Y Gŵr Arfog.

Aeth pawb i'w le. Ar gyfair pob gwestai yr oedd yno blât, disglen arian, pleth o flodau'r gwanwyn, ac un o'r ffyrch bychain oedd wedi dod yn ddiweddar yn ffasiwn yn y tai bonheddig. Bara had carwai yn unig a rhennid, a gwin gyda saets neu rosmari.

Gosododd pob gwestai ei napcyn ar ei ysgwydd, a bwytaodd y ddysglaid gyntaf yn sŵn yr offerynnau. Wedi gorffen hynny, agorodd y diawliaid eu huffern a thynasant ohoni gyflawnder o adar rhost a phasteiod, a rhannwyd y rheiny â'r ager yn codi oddi arnynt. Wedyn, pan ddaeth tro'r ffrwythau, cododd Apollo a'r Awenau, a bwrw o'u deutu ddyfroedd pêr a ddisgynnai fel glaw peraroglau ar bob llaw; ac yn rhith y march adeiniog, Pegasus, canodd Normaniad un o gerddi yfed ei wlad, cerdd a briodolid i Basselin[*] ei hun:

> Y clincian a garaf yw clincian potelau,
> Casgenni gwin porffor a llawnion farelau;
> Y rhain yw fy megnyl i ymladd, heb fethu,
> A syched yw'r castell y mynnwn ei lethu.
> Gwell noddfa yw'r gwydryn i ddyn guddio'i drwyn,
> A llawer mwy diogel na helm milwr mwyn;
> Ac ni cheir na baniar nac arwydd mwy priod
> Na'r Iorwg a'r Ywen a ddengys le'r ddiod.
>
> Mil gwell yfed gwin wrth y tân gyda'r nos,
> Na myned yn wyliwr i rynnu'n y ffos;
> A llawer gwell troi tua'r dafarn ar grwydr
> Na chanlyn un capten i'r adwy a'r frwydr.

Cymeradwyai'r gwesteion hyn mewn afiaith a hwyl.

"Myn Bartholomew Sant! Dyna beth rwyf i'n 'i alw'n gân!" ebr offeiriad mawr codog, yr oedd ei blât bob amser yn llawn a'i wydryn yn wag, "pe bai pawb o'r un feddwl â

---

[*] Bardd enwog am gerddi yfed a anwyd yn nyffryn Vire yn Normandi yn y bymthegfed ganrif. RSR

Phegasus, ni cheid gweld Ffrainc wedi ei gadael i'r gwŷr arfog."

"Wel, yn siŵr ddigon," atebai'r arglwydd de Forville, "pa ddiben yw ymladd cymaint â'r Bwrgwyniaid a'r Saeson, a hwythau'n gryfach?"

"Ac yn gadael i ni gael y degwm," ychwanegai'r offeiriad.

"Y bobl sydd heb eiddo sy'n pleidio'r rhyfel," ebr rhyw reithior goludog.

"Fel pe gwnâi wahaniaeth mawr iddynt hwy fod yn Ffrancod neu rywbeth arall!"

"Fel pe bai'n bosibl iddynt berthyn i neb byth ond i genedl fawr y bwbachod."

"I'r diawl â'r ynfydion."

"Dywedodd Duw 'Tangnefedd i ddynion o ewyllys da'!"

"Sef i'r sawl sy'n brecwasta, yn ciniawa ac yn swperu."

"Heb anghofio'r Benedicite."

"Na'r perlysiau."

Yn wir, yr oeddynt newydd roi'r perlysiau ar y bwrdd, er mawr foddhad i'r boneddigesau a oedd heb fwyta nemor ddim hyd yn hyn ond tipyn o'r pasteiod; wedyn dygodd y gweision lestri llawn o beraroglau poeth fel y gallai pawb o'r gwesteion ddal ei wallt, ei ddwylo a'i ddillad yn yr ager pêr; a chododd pawb i fynd i neuadd y ddawns.

Bwytaodd Remy a'r gweision weddill y wledd; a phan oedd yn ymadael, anfonodd Perinette iddo bwrs go lawn, a dymunodd arno ei fwynhau ei hun er ei mwyn hi.

Yr oedd yr anrheg yn fwy o werth fil o weithiau nag un yr eneth dlawd o Domremy, a dylasai'r cyngor fod yn fwy dymunol i'r llanc. Eto, trysori'r tair ceiniog a roddasai Jeanne iddo a wnâi efe a chadw ei chyngor yn ei gof. Hynny oedd am ei fod yntau hefyd wedi ei fagu ymhlith y gwerinos hyn na feddent ddim namyn mamwlad y dymunent ei chadw; yntau er yn fore wedi arfer caru ei bobl yn well nag ef ei hun, a gasâi â'i holl reddfau iau'r tramorwr, ac a fynnai gadw, â phris ei fywyd o bai raid, bethau hanfodol y genedl, sef y brenin, y faner, a saint gwarcheidiol Ffrainc.

Pennod II

Wedi cyrraedd Champagne, gwelai Remy ei fod yn agosáu at y maes brwydr lle y penderfynid tynged y deyrnas. Yr oedd y trefi i gyd yn cael eu hamddiffyn, y werin bobl yn gwylio'r pentrefi, a gwŷr arfog a saethyddion yn yrroedd ar hyd y ffyrdd. Hyd yn oed yn ymyl Vassy daeth ar draws parc o fagnelau, nifer o fagnelau bychain a dau wn mawr pedair troedfedd ar hugain o hyd; â'r rhain ymarferid saethu at fast llong wedi ei blannu ynghanol y Marne. Bwrgwyniaid oedd y rhai hyn, adran o garsiwn Troyes.

Wedi cyrraedd y fynachlog, rhaid oedd ei holi'n fanwl cyn ei dderbyn i mewn. O'r diwedd hysbyswyd y tad Cyrille, a daeth hwnnw ato i'r parlwr.

Llanwai'r tad Cyrille yn y fynachlog swyddau a ystyrrid yn anghydweddol â'i gilydd ym mhobman arall. Yr oedd yn ffysigwr, yn sêrddewin, yn llawfeddyg, a hefyd yn dipyn o witsiŵr, yn ôl y mynachod mwyaf anwybodus. Daeth at Remy wedi gwregysu ei fantell, ei sbectol ar ei drwyn, ac yn ei law un o'r pibau gwydr a ddefnyddia fferyllwyr yn eu harbrofion.

Clywsai'r llanc siarad a sôn dychrynllyd am wyddoniaeth y tad Cyrille, a pharodd ei ymddangosiad hynod iddo sefyll yn fud o'i flaen.

"Wel, be' di'r mater? Be' sy'n bod?" holai'r mynach yn frysiog a diamynedd. "Mi glywais fod ar rywun eisio siarad â mi."

"Y fi ydyw hwnnw, barchedig dad," murmurai Remy yn egwan ei lais.

"O, o'r gorau," atebai'r gŵr eglwysig, â'i olygon yn troi at ei bib wydr. "Ac rwy'n deall eich bod chi'n dod ar ran perthynas?"

"Oddi wrth Jérôme Pastouret."

"Y fo, ai e... cefnder... dyn rhagorol; a sut y mae fy nghefnder Pastouret?"

"Y mae o wedi marw."

Cododd y mynach ei ben yn sydyn, a thynnodd ei sbectol.

"Wedi marw!" ebr ef; "Jérôme wedi marw?"

"Ers mis."

"O, o'r gorau," ebr Cyrille; dyna'r geiriau a arferai'n gyffredin yn wyneb pob croes a siom. "Ac o ba afiechyd?"

"Wn i ddim," atebai'r llanc, â'i lais yn crynu peth wrth yr atgof; "aeth i gysgu un noson dan gwyno bod poen yn ei ochr... drannoeth yr oedd yn waeth... y diwrnod wedyn galwodd fi a gyrrodd fi i gyrchu offeiriad."

"Am ddoctor y dylasai anfon," ebr Cyrille ar ei draws... "Am bob un o'r ddau, ddylaswn i ddweud... Dolur yn ei ochr a pheswch a chaethder, y mae'n debyg... *Phlebotomia est.*[*]... Oni wnaeth neb ddim?"

"Gwrandawodd yr offeiriad ei gyffes, fy nhad."

"O'r gorau," ebr y mynach mewn tôn ofidus... "ac... yna fe fu farw?"

"Yn y nos," atebai Remy, ar fin torri i wylo.

Y brawd Cyrille yn amneidio'n ysgornllyd.

"O'r gorau, o'r gorau," ebr ef dan gilio rai camau'n ôl yn y parlwr. "Dyna fel y mae hi, er i wyddoniaeth gynhyddu o ddydd i ddydd, rhaid i anwybodaeth y werinos gael gwneud y cwbl yn ofer... *Servum pecus*[†]... 'doedd dim ond eisio

---

[*] "Phlebotomia est...": Brawddeg Ladin anorffenedig; y syniad ym meddwl y tad Cyrille oedd: "Dylesid ei waedu." RSR
[†] Servum pecus: Dyfyniad o'r bardd Lladin, Horas, yn golygu'n llythrennol genfaint o gaethion, sef y dyrfa anwybodus.

gwaedu'i fraich chwith o... fel y gwaedir y bys bach rhag y clefyd ysbeidiol... a'r trwyn rhag anhwylderau'r croen. Ar Jérôme ei hun y mae'r bai ei fod o wedi marw, ei fai o ei hun ac nid dim arall, ac mi fydd yn gyfrifol am hynny o flaen Duw."

Codasai ei lais, ond canfu ar unwaith drallod Remy, ac ymatalodd yn sydyn.

"O, o'r gorau," meddai'n dyner ac isel, "'ran hynny, waeth heb siarad fel hyn bellach.... Mab yr ymadawedig ydych chi, y mae'n siŵr?"

Amneidiodd y llanc mai felly yr oedd hi.

"A phwy a ddywedodd wrthych chi am ddod i chwilio am danaf fi?"

"Fy nhad ei hunan," atebodd Remy, "wrth gychwyn at Dduw crefodd gan y gŵr eglwysig y gwnaethai ei gyffes iddo ysgrifennu ar femrwn, ac archodd i mi ddwyn hwnnw i chi wedi iddo fo fynd."

"Ac rwyt ti wedi dyfod ag o i mi?"

Tynnodd Remy o'i ysgrepan rôl wedi ei chlymu'n ofalus a'i selio â chŵyr du, ac estynnodd hi i'r mynach. Torrodd yntau'r llinynnau, agorodd y rhôl, a darllenodd yn uchel fel hyn:

"Myfi, Jérôme Pastouret, magwr geifr yn Pierrefitte, yn fy nheimlo fy hun yn ymyl ymddangos gerbron Duw, a gredaf y dylwn ddatguddio dirgelwch, am y dichon i holl ddyfodol y plentyn a fegais dan yr enw Remy, ddibynnu arno."

Cododd y llanc ei ben wedi synnu.

"Tystiaf, gan hynny," darllenai'r mynach ymlaen, "o flaen Duw ac o flaen ei greaduriaid, i'r bachgen gael ei roddi i mi gan bennaeth sipsiwn a elwid y brenin Horsu, ac mai nid fy mab i ydyw."

Gwaeddodd Remy nes torri ar stori'r brawd Cyrille.

"Beth ydych chi'n 'i ddweud?" gofynnai'n grynedig.

"Ar f'enaid i! Dyna'n union beth sydd yma," ebr y mynach, gan ddangos y memrwn.

Cydiodd y llanc ynddo â'i ddwy law, edrychodd arno, ac ail ddarllenodd y geiriau, "nid fy mab i ydyw."

Ciliodd yn ôl a phlethodd ei ddwylo.

"A yw hyn yn bosibl?" murmurai, "a minnau'n credu mai y fo oedd fy nhad... A phwy yw fy nheulu i, felly?"

"Gwrando," ebr Cyrille.

Yna aeth yntau ymlaen:

"Lladratasai'r brenin Horsu y plentyn ym Mharis er mwyn ei ysbeilio o'r gemau drudion a wisgai; ond ni allai roddi gwybod i mi pwy oedd ei rieni."

Symudodd Remy yn sydyn.

"Y cwbl a allwn i ei gael allan amdano," darllenai'r gŵr eglwysig, "oedd fod y lladrad wedi digwydd yng nghymdogaeth Notre Dame ar ddydd y Pentecost.

"Cyd ag y bûm byw cuddiais y peth, am yr ofnwn i Remy beidio â'm caru wedi deall nad y fi oedd ei dad; heddiw rhaid i mi gyffesu'r cyfan i ysgafnhau fy nghydwybod.

"Ac wedi gweld fy mod yn rhy dlawd i ado dim i'r un a gerais fel fy mhlentyn fy hun, cyfeiriaf ef gyda'r dystiolaeth hon at Cyrille, fy nghefnder dysgedig, fel y byddo iddo ef ei gynorthwyo a'i gynghori."

Bu ennyd o ddistawrwydd wedi'r darllen. Rhag ei waethaf cawsai'r gŵr eglwysig ei gyffwrdd a chymerai arno besychu i guddio'i deimlad, a Remy, yntau, yn ei gyffro yn syllu ar y memrwn heb fedru torri gair. Ymgymysgai yn ei brofiad beth syndod, peth poen a pheth hiraeth. Yr oedd gweld nad oedd y bugail geifr a'i magasai yn dad iddo yn peri iddo deimlo fel petai yn ei golli am yr eildro; yna daeth i'w gof yn sydyn yr ofn y soniasai'r marw amdano, llifai ei ddagrau'n rhydd, a llefai, fel pe bai Jérôme yn gallu ei glywed:

"Na, 'nhad Jérôme, faswn i ddim yn peidio â'ch caru chi, am na pharodd Duw i mi gael fy ngeni'n fab i chi; y gŵr a'm magodd i'n blentyn bach, ac a chwiliodd am noddwr i mi wrth fy ngadael ar ôl, fedrai hwnnw lai na bod yn dad i mi."

Gwerthfawrogai'r mynach deimladau fel hyn, ond ymdrechodd, er hynny, dawelu cynnwrf meddwl y bachgen. Dywedodd ei fod yn derbyn rhodd gymyn ei gefnder ac y byddai iddo yn lle rhieni ac athro.

Wedi hynny aed â Remy o flaen y prior, a bu wiw gan hwnnw ei gadw yn y fynachlog ar yr amod ei fod yn cymryd mantell newyddian.

Dywedodd y brawd Cyrille ar y cychwyn y ceisiai chwilio a dod o hyd i deulu'r llanc a gymerasai dan ei adain; ond deallodd yn fuan fod hynny'n amhosibl: cwmnïau arfog yn dal y ffyrdd i gyd, a phob perthynas rhwng dinas a dinas wedi ei dorri; os medrai cenhadon y brenin, trwy fawr drafferth, gludo negeseuau o un dalaith i'r llall, eto fe gymerai iddynt fis neu well i fynd o Chinon, lle y cynhelid y llys, i Champagne neu Lorraine. Felly, rhaid fu gohirio'r ymchwil am deulu Remy hyd amser mwy cyfaddas.

Yn y cyfamser, bu'r tad Cyrille yn ymroi ati i addysgu ei ddisgybl newydd.

Fel y crybwyllwyd eisoes, casglasai mynach Vassy i'w benglog holl ddysg ei gyfnod, ond bod ei feddwl yn debyg i lyfrgell heb iddi fynegai, lle nid oes trefn ar ddim. Yno ceid y gwybodau meddygol yn gymysg blith draphlith ag athrawiaethau sêr-ddewiniaeth. Dechreuodd addysgu Remy fel yr heuir y weirglodd, sef trwy gymysgu'r holl hadau. Darllen ac ysgrifennu oedd y cwbl a ddysgasai'r llanc; dododd yntau yn ei ddwylo gyda'i gilydd gryn ugain o wahanol draethodau: yr Athrawiaethau, Blodau Llenyddiaeth, Detholion, a Chywir Gelfyddyd Uchel Areithyddiaeth. Ar yr un pryd dysgodd iddo gynheddfau eneidegol a meddygol gwahanol sylweddau; dysgodd iddo fod yr amethyst, yn ôl rhai hen awduron, yn effeithio i ddifrifoli dynion a'r rhuddem i beri iddynt lawenhau; fod y saffir yn cadw dyn rhag colli ei dda tymhorol, a'r agat rhag brathiad seirff. Arferodd ef hefyd i ddistyllio sudd dail a wasanaetha i wella'r rhan fwyaf o'r anhwylderau. Eglurodd iddo yn yr un dull fod rhyw ŵr doeth wedi darganfod bod hylifau bywyd o'r un natur â'r ether yr ymsymud y sêr ynddo, ac mewn canlyniad y gallai'r uwch-fferyllwyr gasglu yn eu llestri gyflenwad o'r hylifau hyn i'w rhoddi i gleifion i'w hanadlu. Dangosodd iddo'n olaf ddylanwad y lleuad ar y corff dynol, a pherygl yr afiechydon a ddigwyddo ddechrau pan fo'r lloer yn mynd dan arwydd y Gefeilliaid.

Cofiai Remy ran helaeth o'r gwersi hyn, oblegid meddai ddeall parod a sylwgar; ond yr oedd yn amlwg mai i gyfeiriad arall yr oedd ei chwaeth. Dihangai bob dydd o labordy'r brawd Cyrille er mwyn cael cwmni yr arglwydd d'Hapcourt, gŵr na wyddai fawr am na llên na gwyddor, ond gŵr, fel yr arferai ymfalchïo, na faliai fotwm am un gelfyddyd, ond pennaf gelfyddyd y byd, sef celfyddyd rhyfel.

Derbyniasid yr arglwydd d'Hapcourt i urdd mynach lleyg ymhlith y mynachod, yn dlawd o foddion ac yn greithiau drosto wedi deugain mlynedd dan arfau. Mynachod Lleyg y gelwid hen filwyr digartref a dderbynnid i rai mynachlogydd, ac a gedwid heb ofyn oddi ar eu llaw fwy na bod yn bresennol yng ngwasanaeth crefyddol y frawdoliaeth a dilyn y gorymdeithiau gyda'r cleddyf ar y glun. Hen ffustiwr enwog oedd mynach lleyg Vassy yn ei ddydd, a hyfrydwch iddo oedd datblygu greddfau milwrol Remy. Cyfrwyodd iddo ei farch oedrannus, arfogodd ef â phastwn a dorasid yn y llwyn cyfagos, a dysgodd iddo arfer hwnnw un ai fel gwayw, neu fel cleddau, neu fel bwyell ryfel. Wedyn gwnaeth ŵr traed ohono a dysgodd iddo sut i ymladd o'r pellter, yna yn ymyl, ac yna law-law. Mwyn i'r mynachod oedd gweld yr ymarferiadau hyn, a ddygai ar gof i lawer ohonynt flynyddoedd maboed; eithr ffromi a wnai'r tad Cyrille am golli cymaint o amser y gallesid ei roddi i astudio'r gwyddorau godidog.

"O'r gorau," ebr ef bob tro y daliai Remy yn cael gwersi gan y mynach lleyg; "'roeddwn i wedi meddwl gwneud doethur ohono, ond fe'i gwna f'arglwydd d'Hapcourt o'n filwr."

"Mae hyn yn lles i'w iechyd, fy mharchedig, ac yn help i'r treuliad," meddai'r hen fonheddwr dan wenu.

Cododd y brawd Cyrille ei ysgwyddau ac atebodd yn sarrug:

"A fedrwch chi ddweud, tybed, beth yw'r treuliad, f'arglwydd? Y mae yna bedwar math: treuliad yr ystumog, treuliad yr iau, treuliad y gwythiennau, a threuliad yr aelodau, a pheth niweidiol i'r tri cyntaf yw ymarferiad. Ond rydach chi'n byw heb wybod sut; y mae eich corff yn eich gwasanaethu heb i chi wybod pa fodd, *ignarus periculum adit.*[*] Ewch ymlaen, f'arglwydd, ewch ymlaen, y mae gwyddoniaeth yn foneddiges o dras digon uchel i fod yn falch; ni fyn hi mo'r sawl a'i hesgeulusa."

Fodd bynnag, er gwaethaf grwgnach fel hyn, mynd yn hoffach beunydd o Remy yr oedd y mynach. Ac eithrio'i ymwneud â'r mynach lleyg, ni châi ynddo ddim bai. Meddai ysbryd uniawn, a dychymyg tanbaid ond wedi ei dymheru â chydwybod, a chalon agored i bob cymhelliad haelfrydig. At y teithi naturiol hyn rhoddasai addysg arw llafur a thlodi iddo feiddgarwch i fentro ac amynedd i ddyfalbarhau. Rhoddai ewyllys gref Remy iddo ymddiried ynddo'i hun. Gwylaidd a gostyngedig oedd gyda'r sawl a garai; ond balch ac anhyblyg o flaen pwy bynnag a fynnai ddiystyru ei hawliau; mewn gair, yr oedd iddo anian lawn ynni a thynerwch a weddai cystal i fywyd tawel ag i brofiadau celyd. Ac yr oedd y tad Cyrille hefyd wedi ei fabwysiadu yn ei galon. A chan na fedrai gychwyn yr ymchwil angenrheidiol i ddod o hyd i'w deulu, mynnodd o leiaf wybod ei ffortiwn.

---

[*] Ignarus periculum adit: Geiriau Lladin, a'u hystyr: rhed yr anwybodus i wyneb perigl. RSR

Nid swyngyfaredd y cyfrifid sêr-ddewiniaeth yn y bymthegfed ganrif, ond gwyddor onest yn deillio o gosmograffi*. Sylwid dan ba blaned y ganesid dyn, ac yn ôl perthynas y blaned honno ag arwydd y Sidydd y dibynnai arno—mewn undeb, mewn gwrthwynebiad, mewn pellter neilltuol, uwchlaw neu islaw—felly y darllenid dyfodol y sawl a lywodraethid ganddi. Ymhellach, delid bod perthnasau neilltuol rhwng deuddeg tŷ'r haul â rhannau arbennig o'r corff neu actau arbennig mewn bywyd. Wrth gymhwyso at y pethau hyn reolau rhifyddeg ceid gafael ar y wybodaeth angenrheidiol i ddweud ffortiwn dyn â'r un sicrwydd ag y rhagfynegid ymddangosiad comed. Yr oedd yn y prif drefi, hefyd, sêr-ddewiniaid trwyddedig yn arfer eu dawn yn gyhoeddus. Cyflogai'r brenhinoedd a'r pendefigion hwythau rai i'r un perwyl. Chwiliodd y brawd Cyrille dynghedfen Remy yn ofalus. Darganfu y byddai newid pwysig yn ei ffawd pan ddeuai'r lleuad i undeb â'r Pysgod, a bod arwydd y Forwyn ac arwydd Mawrth yn ffafriol iddo; ond bod ganddo le cryf i ofni arwydd y Tarw, ac y deuai awr braw ei fywyd ar ymddyrchafiad y blaned, hynny ydyw, pan fyddai uwchlaw'r Sidydd.

---

* Astudio'r cosmos h.y. Seryddiaeth

Pennod III

Dygai gorchwylion y brawd Cyrille ef i drafnidiaeth barhaus â llysieuwyr a chyffurwyr Vassy, a Remy, gan amlaf, a fyddai'r negesydd i gludo archebion, prynu defnyddiau a benthyca offerynnau. Âi ar neges hefyd weithiau at y llawfeddygon a geisiai gyfarwyddyd y mynach mewn achosion anodd; ond nid âi cyn amled at y ffisigwyr; casáu Cyrille a wnaent hwy, a'i gyhuddo ar goedd o ffafrio meddygaeth Arabia (5); a chwynent yn ddistaw yn ei erbyn am ddwyn y rhan fwyaf o'u cleifion oddi arnynt. Yn wir, tynnai enwogrwydd y brawd rifedi mawr o gleifion i'r fynachlog; ac âi'r rheiny ymaith bron bob amser wedi eu cysuro a'u hiachau.

Un diwrnod, fel y dychwelai Remy o Vassy, canfyddai wrth borth y fynachlog filwr a adnabu'n union fel saethydd oddi wrth ei wisg o groen a'i helm ddi-grib. Ond yn wahanol i arfer ei gymrodyr, yr oedd ar farch ac yn ddi-arf, namyn cleddyf wedi ei fachu o'r tu ôl i'w bais.

Fel y dynesai ato, gwelai'r llencyn ei fod wedi ei glwyfo yn ei goes.

"Ai ceisio'r tad Cyrille yr ydych chi?" gofynnai i'r milwr.

"Chwilio yr wyf am ryw fynach sy'n gwella pob clwyfau," atebai yntau.

"Dyma lle mae o, dowch i mewn."

Disgynnodd y saethydd oddi ar ei farch, a herciodd ar ôl Remy.

Arweiniodd yr olaf ef i labordy'r parchedig; yno y cawsant ef yn plygu tros badell gopr a llysiau wedi eu cynaeafu yn berwi ynddi.

"Duw â'm damnio i! Cell swynwr sy'n y fan yma," meddai'r milwr, wedi sefyll yn stond wrth ddrws y labordy, â math ar ffieidd-dod yn ei lenwi wrth fwrw golwg ar y taclau rhyfedd a'i dodrefnai.

Cododd y brawd Cyrille ei ben.

"Pwy ydyw hwn?" gofynnai mewn syndod mawr.

"On'd ydych chi'n gweld yn burion mai saethydd rhydd wyf fi?" atebai'r clwyfedig.

"A beth sydd arnoch chi ei eisio?"

Dangosodd y milwr ei goes.

"Dyna sydd!" ebr ef, "y mae chwe mis er pan ges i godwm, a byth er hynny y mae'r clwyf yn mynd o ddrwg i waeth."

"O, o'r gorau!" ebr y mynach, erbyn hyn yn llawn diddordeb. Parodd i'w ymwelydd eistedd er mwyn datod y rhwymyn oddi am ei goes. "Hen glwyf ydyw hwn, felly?"

"Llawer iawn rhy hen," atebai'r saethydd; "ofer fu pob ymgynghori â'ch cymrodyr, y pum can diawl a'u cipio nhw; y mae'r clwyf yn mynd beunydd yn waeth."

"Mi ddalia i mai mynd at y barbwyr (6) a wnaethoch chi," ebr y tad Cyrille, dan bara i ddatod y rhwymyn, "neu at rai o gwaciaid y cyllyll cerrig. Y mae anwybodaeth clwyfedigion yn anghredadwy! Ânt ar eu hunion i unrhyw siop lle y gwelant ffleimiau[*], heb ymdrafferthu i edrych ai potyn eillio ai blwch meddyg a fydd ei harwydd."

"Sôn am arwyddion, wnes i ddim â neb ond â'r sawl sy'n crogi tusw o iorwg," atebai'r milwr. "Ond beth feddyliwch chi o 'nghoes i?"

"O'r gorau," meddai'r mynach, dan archwilio'n ofalus y briw a ddadorchuddiasai... "Enyniad... chwydd crawnllyd... cornwyd pur ddifrifol."

"Ydych chi'n meddwi bod rhywbeth i'w wneud?"

---

[*] Cyllell fain llawfeddyg (saes. *Scalpel*)

"Y mae rhywbeth i'w wneud bob amser," meddai'r mynach, gan chwilota yn ei flychau plwm. "Dyma falm o'm heiddo i fy hun a rydd waith siarad i chi am ei rinweddau.... Golchwch y briw, Remy.... Gwneud busnes â'r anwybodusion y buoch, fy mab, â rhyw wneuthurwyr eli neu fferyllwyr cwac.... Paratowch y rhwymynnau, Remy.... Cyn pen mis mi fynna i weld yn y fan yma graith glws, goch a glân. Estynnwch eich coes a pheidiwch â symud."

Taenasai'r brawd Cyrille ei falm ar glustog o lint, ac yn awr plygai i'w gymhwyso at y briw; ond ataliodd y saethydd ei law.

"Un eiliad," gwaeddai, "yr ydych chi'n addo i mi wellhad llwyr a buan?"

"Yr wyf yn addo hynny i chi," meddai'r mynach.

"Dyna oeddan nhw'n ddweud wrthyf," meddai'r milwr. "Y mae pawb yn dweud nad oes raid i chi ond cyffwrdd â'r drwg i'w wella; ond tyngwch wrthyf nad ydych yn defnyddio i'r pwrpas hwnnw na swynion na dewiniaeth?"

Cododd y mynach ei ysgwyddau.

"Tyngwch," meddai'r milwr yn fywiog. "Myn y pum can diawl, rydw i'n gristion cywir; a llawer gwell gen i yw colli 'nghoes na cholli f'enaid."

Unig ateb y brawd Cyrille oedd gwneud arwydd y groes â'r glustog eli a dechrau adrodd y Credo mewn llais clir. Arhosodd y saethydd nes iddo orffen, yna rhoddodd ochenaid o ollyngdod, a heb un sylw pellach, estynnodd ei goes i'w thrwsio.

Yr oedd y milwr hwn yn amlwg o natur siaradus tros ben, a thra yr oeddynt yn trin ei glwyf, dechreuodd ddweud ei hanes wrth y brawd Cyrille. Richard oedd ei enw; ond yn ôl arfer milwyr yr oes honno, newidiasai'r enw hwn am ymadrodd o'r Salmau, ac felly galwai ei hun yn Exaudi Nos[*]. Newydd gyrraedd i Vassy yr oedd, ac yn ei frys i

---

[*] Exaudi nos: Geiriau Lladin o'r Salmau yn golygu "Erglyw ni." RSR

ymgynghori â'r brawd Cyrille, rhedasai i'r fynachlog ar ei gythlwng. Deallodd y mynach nod y gyfrinach hon, ac anfonodd Remy i'r bwtri i gyrchu "rhan dieithr-ddyn" a photyn o win y cleifion.

Llwyr enillodd y gymwynas hon galon y saethydd, a daeth yn fwy siaradus fyth. Dechreuodd adrodd sut y daethai i Lorraine gydag un o genhadon y brenin, o'r enw Collet de Vienne, a gludai genadwri i arglwydd Baudricourt, llywodraethwr dinas Vancouleurs.

Gofynnodd Remy iddo a oedd newyddion da.

"Da i'r Saeson, malltod Satan fo arnynt!" atebai'r saethydd. "Daliant i warchae Orleans, ac y maent wedi codi gwarchgloddiau o'i chwmpas, sy'n gwneud trafnidiaeth â hi'n amhosibl; ac mor drwyadl eu gwaith nes bod pobl y ddinas yn trengi o newyn wrth ddisgwyl am gael eu lladd."

"Oni ellir dwyn rhyw swcwr iddynt?" gofynnai'r bachgen.

"Er mwyn cael gweld ail ddechrau diwrnod y Penwaig?" (7) atebai Exaudi Nos. "Na, na, y mae'r Drindod a'i holl lu ar ochr y godemiaid[*]. Orleans yw rhagfur olaf y deyrnas; unwaith y syrthio hi i ddwylo'r Saeson, ni fydd dim i'w wneud ond encilio i Dauphiné, a dyna ddywedir yw bwriad y brenin Siarl VII."

"Dyma newyddion trist i'w dwyn i Lorraine," sylwai'r brawd Cyrille; er ei holl lafur gwyddonol, parhai ef yn wlatgarwr uniawn a chywir.

Llanwodd Exaudi Nos ei wydr, a gwacâodd ef ar un gwynt; cleciodd ei dafod ar daflod ei safn, ac ysgydwodd ei ben yn ddiofal.

"Pw," ebr ef yn chwyddedig ei dôn, "wedi'r cyfan, nid yw hi'n ddrwg iawn ond ar y gwrêng a'r taeogion. Amdanom ni, ryfelwyr, ennill i ni yw'r cwbl, ac fel y dywaid

---

[*] Godemiaid: y llysenwid milwyr Lloegr yn Ffrainc, oddi wrth air sydd eto ymhell o fynd o'r ffasiwn ymhlith milwyr Prydain Fawr. RSR

ein capten ni, y defaid nad oes iddynt na chŵn na bugeiliaid yw'r hawsaf i'w cneifio."

"O, dyna ydyw barn eich capten, ai e?" ebr y mynach wrth dynnu at orffen trwsio'r briw. "A beth, tybed, yw enw'r Ffrancwr rhagorol hwn?"

"Pardieu! Fe ddylech ei adnabod," ebr y saethydd, y gwin yn ei wneud yn fwyfwy cartrefol. "Ar ôl bastard Vaurus, y fo ydyw'r ysgelerddyn pennaf yn Ffrainc a Lloegr. Fe fyddwn ni yn ein plith ein hunain yn ei alw yn Dad y Saith Bechod Marwol, am ei fod yn eu meddu i gyd; ond yr arglwydd de Flavi yw ei enw iawn."

"A ydych chi yn ei wasanaeth o?" gofynnai Remy mewn syndod.

"Wel, myfi yw ei yswain cyfrinachol," atebai Exaudi Nos yn bwysig iawn. "Mi wn i ei holl fusnes cystal ag y gwn i fy musnes fy hun."

"Ac y mae hynny'n talu'n dda i chi?"

"Canolig iawn; y mae pwrs yr arglwydd de Flavi wedi ei gau â dau glo clap anodd eu hagor, sef tlodi a chybydd-dod; ond cyn hir fe'i gwaredir oddi wrth y cyntaf."

"Y mae eich meistr, felly, yn disgwyl ffawd dda o'r rhyfel?"

"Gwell na hynny. Y fo yw perthynas nesaf yr arglwyddes de Varennes, ac ni fydd hi'n hir eto heb ado'i chyfoeth iddo.... Buasai wedi gwneud hynny eisoes, oni bai am dystiolaeth rhyw ddyhiryn o grwydryn."

"Beth?"

"O, y mae hi'n gryn stori," ebr Exaudi Nos, a gorffen y llestr gwin. "Rhaid i chi ddeall yn gyntaf na fu i'r arglwyddes de Varennes ond un mab, ac iddi golli hwnnw pan oedd o'n fychan iawn, a'i bod hi'n ddiweddar wedi ei gadael yn weddw; ac felly, wedi diflasu ar y byd, dymunai adael y llys lle y mae'n forwyn anrhydedd, a gadael ei thir i'w chefnder, yr arglwydd de Flavi. Yr oedd ar fedr ymneilltuo i leiandy tua deufis yn ôl pryd y dywedwyd wrthi fod ei mab yn fyw."

"Ei mab?"

"Ie, diflanasai tua deng mlynedd yn ôl heb i neb wybod beth a ddeuthai ohono. Yn unig tybid mai'r Iddewon a'i lladratasai i bwrpas eu rheibiaeth." (8)

"A chamgymeriad oedd hynny?" gofynnai'r brawd Cyrille, yn amlwg yn llawn diddordeb.

"Fe allai," atebai'r saethydd, "oblegid wrth farw yn ddiweddar yng nghartre'r gwahangleifion yn Tours, tystiodd sipsiwn mai ef a'i lladratasai ym mhorth Notre Dame."

Rhedodd ias tros y mynach a Remy.

"Ym mhorth Notre Dame?" meddent gyda'i gilydd.

"Ar Ddydd y Pentecost," ebr Exaudi Nos.

Methodd y llanc a pheidio â gwaeddi.

"Y mae hyn yn eich synnu," meddai'r saethydd, yn camgymryd achos ei deimlad; "peth digon cyffredin yw hyn. Y mae lladron plant cyn amled ym Mharis â pherchyll Antwn Sant."

"Ac wedi ei ladrata, oni ddygwyd mab yr arglwyddes de Varennes i Lorraine?" gofynnai'r tad Cyrille.

"Yn hollol felly," atebai Exaudi Nos.

"Ac yno fe'i rhowd i fagwr geifr?"

"Do siŵr."

"Sipsiwn oedd y lleidr, a gelwid ef y brenin Horsu?"

"O ble ddiawl yr ydych chi'n gwybod hyn i gyd, fy mharchedig?" gwaeddai'r saethydd mewn syndod.

"O, y mae gen i fam, felly," llefai Remy, dan don o deimlad na ellir ei disgrifio.

Ymddangosai Exaudi Nos fel dyn wedi ei syfrdanu.

"Beth?" gwaeddai, "a oes bosibl... ai tybed mai'r llanc hwn yw..."

"Y plentyn y chwilir amdano," ebr y tad Cyrille ar ei draws, "mab cyfreithlon yr arglwyddes de Varennes."

Rhoes y milwr ebwch, a neidiodd ar ei draed.

"Ie," meddai'r mynach, "mae'r dynghedfen wedi ei raghysbysu: newyddion pwysig ar ymuniad y lleuad a'r pysgod, a digwydd hynny heddiw. Galwaf chi'n dyst, meistr saethydd, i ardderchowgrwydd ac anffaeledigrwydd gwyddor sêr-ddewiniaeth."

Ond yn lle ateb, gofynnodd Exaudi Nos gwestiynau newyddion i'r mynach a Remy; a chadarnhai popeth a ddwedent wrtho ddilysrwydd y darganfyddiad yr oedd newydd ei wneuthur; ac ni allai mwy amau mai'r newyddian ifanc oedd gwir ddisgynnydd olaf y Vareniaid. Dug y sicrwydd hwn gwmwl tros ei wyneb.

"Y mil diawliaid, dyma anffawd," murmurai wrtho'i hun.

"Anffawd!" ebr y brawd Cyrille, "oni welwch chi mai peth rhagluniaethol..."

Ond newidiodd ei feddwl yn sydyn.

"O, o'r gorau," ychwanegai mewn tôn fwy difrif. "Yr wyf yn deall... y mae ail ymddangosiad y plentyn yn dwyn oddi ar yr arglwydd de Flavi ei hawl i'r etifeddiaeth."

"Mi geir gweld," atebai Exaudi Nos yn sarrug, "fe elwir am brofion."

"Fe'u rhoddwn nhw," ebr y tad Cyrille gyda gwres; "y mae arwydd y Forwyn trosom. Mi af gyda Remy i geisio'r arglwyddes de Varennes... ond nid ydych wedi ein hysbysu pa le i'w chael."

"Ewch i chwilio," ebr y saethydd gan droi i ffwrdd. "Ond myn Satan, cymerwch ofal rhag cyfarfod â'r arglwydd de Flavi ar y ffordd."

Mynnai'r tad Cyrille ddal y milwr yn ôl, ond cyrhaeddodd y porth, neidiodd ar ei farch, a diflannodd gan adnewyddu ei rybudd.

Nid oedd angen am y rhybudd i beri i'r mynach ddeall yr anawsterau a'r peryglon y byddai'n rhaid i'w gyfaill ifanc eu gorchfygu; ond nid oedd hwnnw yn meddwl amdanynt; eithr yn ei frwysgedd mynnai gychwyn ymaith yn y fan. "Y mae gen i fam." Yr oedd y gri hon a godasai o'i fynwes dan ias gyntaf syndod a llawenydd yn awr yn ei hail adrodd ei hun yn ddibaid yn ei galon. Nid oedd, mwyach, yn amddifad, nid oedd, mwyach, yn dlawd, nid oedd, mwyach, yn ddinod! Gallai obeithio bodloni'r greddfau o dynerwch ac egni a deimlai o'i fewn; cymerai ei le yn y teulu dynol ymhlith y sawl a feddai hawl i ewyllysio, i weithredu! Yn ofer y ceisiai'r brawd Cyrille farwhau'r awydd tanllyd hwn, a gohirio'r ymchwiliadau; tystiai Remy na allai oedi, ei fod yn teimlo ynddo fath ar rym anweledig a'i gwthiai ymlaen.

"Ond ystyr, was truan, na wyddost ti fwy am dy fam na'i henw hi!" ebr y mynach.

"Mi af i bobman, gan adrodd yr enw nes i ryw wraig fy ateb i," meddai Remy yn ei frwdfrydedd.

"A beth pe bai yn dy wrthod di?"

"Dangosaf brofion iddi."

"Ond beth am flinderau'r daith, y peryglon a'r maglau a ddichon godi o'th flaen?"

"Yr ydych chi'n anghofio, fy nhad, fod y Forwyn a Mawrth o'm tu."

Gorchfygodd y rheswm olaf hwn y brawd Cyrille.

"O'r gorau, fe gei gychwyn ymaith," ebr ef o'r diwedd, "ond nid ar dy ben dy hun! Ymddiriedodd Jérôme di i mi; yr wyt wedi byw gyda mi flwyddyn gyfan; ni'th fwriaf di ymaith heb na chynghorydd na noddwr ynghanol yr heldrin; fe awn gyda'n gilydd, ac ni'th adawaf nes i ni ddod o hyd i'r arglwyddes de Varennes."

Caed caniatad y prior heb drafferth; oblegid yn y dyddiau chwildroadol hynny nid oedd rhwymau'r mynachod eu hunain yn agos mor gaeth ag yn y canrifoedd cynt. Tynnai buddiannau, nwydau ac angenrheidiau hwy yn aml o'u hencilfeydd i ymgymysgu yn nadleuon dynion; chwifiai mantell y mynach ym mhobman, yn y llys, ar feysydd brwydrau, yng nghyngor tywysogion. Parhâi i fod yn amddiffyn, ond peidiasai, bellach, â bod yn rhwystr.

Gwnaed byr waith ar y paratoadau, a gadawodd y brawd Cyrille y fynachlog gyda Remy.

Cyfeiriasant eu camre tua Touraine, lle y cynhelid y llys, a lle y gobeithient gael yn haws y cyfarwyddyd a geisient.

Pennod IV

Y flwyddyn 1428 oedd hi, cyfnod yr ymddangosai pob dryglam ynddo fel pe'n uno â'i gilydd i ddifetha Ffrainc. Yr oedd rhyfel, clefydau, newyn ac oerni, y naill ar ôl y llall, wedi degymu'r boblogaeth a diffeithio'r wlad. Gorfodid ein teithwyr i ymgadw rhag y trefi a oedd wedi cau eu pyrth, a chroesi'r wlad a oedd dan orchudd eira; yno cawsant y rhan fwyaf o'r pentrefi wedi eu gadael heb drigiannydd. Amlhai'r anawsterau bob cam gan arafu eu hymdaith o hyd. Rhaid oedd gochelyd y minteioedd Saeson neu Fwrgwyniaid a grwydrai'r wlad i anrheithio hynny a adewsid, y carnladron a gynllwyniai ar y croesffyrdd i ysbeilio teithwyr, yr heidiau o fleiddiaid a ddeuai hyd at amddiffynfeydd y trefi i ymosod ar y gwylwyr! Dedwydd hwy os deuent gyda'r nos ar draws rhyw furddun, lle y gallent gynnau tân a chael cysgod. Ond i wneud hyn, rhaid oedd gadael y ffyrdd a threiddio i ddyfnderau'r nentydd a'r llwyni. Ym mhobman arall cadwai'r trigolion eu drysau yng nghau, heb feiddio na mynd allan, na siarad, na goleuo'r aelwyd, am y byddai i fwg honno eu bradychu. Nid oedd na diadelloedd yn y meysydd, na gweddoedd, na chŵn hyd yn oed—lladdasai'r ysglyfwyr hwy am eu bod yn hysbysu eu dyfodiad.

Fodd bynnag, cerddai Remy a'i arweinydd ymlaen yn ddewr, gan ddioddef, heb gwyno, oerni, blinder a newyn. Wynebai'r llanc bob profedigaeth yn nerth ei obeithion, a'r mynach yn nerth ei wybodaeth wyddonol. Troai popeth iddo ef yn gyfle hyfforddiant neu astudiaeth. Os byddai'r ymborth yn brin, llefarai'n hir ar natur niweidiol y rhan fwyaf o fwydydd a manteision ymborthi'n ofalus; os byddai'r oerni'n fwy miniog nag arfer, mawr a fyddai ei lawenydd am iddo gael cyfle i wneuthur arbrofion ar ei effeithiau, pwnc, meddai, oedd hyd yn hyn heb hanner ei archwilio; os gwnâi blinder eu haelodau'n anystwyth, eglurai sut y digwyddai hynny, a rhoddai wers i'r llanc mewn difyniaeth yn ôl llyfr Chauliac.*

Un hwyrddydd cyraeddasant faesdref La Roche, a losgasid yn ddiweddar gan lu o filwyr. Cawsai'r holl drigolion nodded yn yr eglwys, yr unig adeilad a safai ar ei wadnau; ac yr oedd yn hanner llawn o'r dodrefn geirwon a gipiasid o'r goelcerth. Corlanesid rhai geifr yno hefyd. Ceisiodd y tad Cyrille a'i gyfaill loches yno am y nos.

Eisteddai'r wyth neu ddeg o deuluoedd a giliasai yno yn dyrrau o amgylch y tanau a gyneuasid ar y cerrig, a'r mwg, heb ffordd i fynd allan ond trwy'r ffenestri, wedi ymffurfio'n awyr dew fel mai prin y gallent weld ei gilydd trwyddo. Ond wedi canfod mantell y tad Cyrille, agorwyd y cylch i wneud lle i'r newydd ddyfodiaid.

Syn oedd gan y mynach weld nad oedd yno neb namyn gwragedd a phlant, ond rhoed ar ddeall iddo fod y gwŷr wedi mynd allan gyda'r erydr, a dynnent eu hunain yn niffyg ychen, i lafurio yn y nos; oblegid cymaint oedd anhrefn yr amser annedwydd hwnnw ag na feiddient ymddangos yn y dydd yn y meysydd a lafurient.

A chyda llaw, ni ellir synio dloted oedd y trueiniaid hyn. Gwisgai'r gwragedd groenau heb eu cyweirio a rhyw garpiau o hen frethyn, â'r glaw a'r haul wedi peri i'w liw ddiflannu, a'r plant fatiau geirwon o wellt plethedig. Er hyn oll, cynigiasant i'r ddau deithiwr gyfran o'u swper prin— ychydig o laeth geifr a gwreiddiau wedi eu coginio yn y marwor. Eu hesgus dros fethu cynnig cig oedd bod eu gwartheg a'u moch wedi eu lladrata gan y milwyr a losgasai'r faesdref. Ond maentumiai'r brawd Cyrille fod cig

---

* Llyfr meddygol mwyaf safonol yr oes honno, yn cynnwys adran bwysig ar ddifyniaeth neu anatomi. RSR

ych, yn ôl Galen[*], yn peri rhwymedd, a chig moch yn achosi pruddglwyf; a dechreuodd roddi darlith faith wedi ei britho â Groeg a Lladin, i brofi bod pob afiechyd yn codi oddi ar brinder neu ormodedd irnaws[†], mai ymborth llysieuol oedd y gorau at ddal y fantol yn wastad yn hyn o beth, ac am hynny yr unig un sy'n cytuno'n drwyadl â dyn.

Wedi tymheru fel hyn â geiriau doethineb brinder y wledd, yr oedd ar fedr gorwedd gyda Remy ar laesod o ddail a daenesid gyda'r mur pan glybuwyd trwst carnau meirch o flaen y porth. Cododd y gwragedd mewn dychryn, yn ofni mai rhyw haid o anturiaethwyr oedd yno; ond ni rifai'r marchogion oedd newydd ddisgyn oddi ar eu meirch fwy na phump, a dymunai eu harweinydd wrth ddod i mewn heddwch Duw i'r gwragedd a redasai at y drws. Yna cerddodd ymlaen i'r gafell, penliniodd yn ddefosiynol a gweddïodd.

Yr oedd Remy ar ei lwybr, a methodd beidio â dangos arwydd o syndod, a chynyddodd ei syndod wrth edrych arno'n codi.

"Tybed dy fod yn adnabod y gŵr ifanc hwn?" holai'r brawd Cyrille, wrth sylwi ar ei syndod.

"Goleued Duw fi os oes rhyw ledrith yn fy nhwyllo," atebai'r llanc; "ond dwg y gŵr i'm cof linell am linell wyneb y llances a fu'n estyn croeso i mi flwyddyn yn ôl yn Domremy."

"Pwy sy'n sôn am Domremy?" ebr y dyn dieithr, gan droi'n sydyn.

Ac wedi i'w lygaid ddisgyn ar ddisgybl Cyrille, ychwanegodd:

"Ar f'enaid i! Dyma'r bugail geifr y mynnai gwŷr Marcey ei ladd."

---

[*] Meddyg Groegaidd enwog o'r ail ganrif. RSR

[†] Irnaws: un o'r pedwar hylif dynol a gysylltid gyda'r 'pedair hiwmor' mewn ffisioleg y canoloesoedd.

"Felly, nid wyf wedi camgymryd," meddai Remy, "Jeanne Romée yn wir ydych chithau?"

"Ie, cyn wired ag mai fy mrawd Pierre yw hwn," ebr y llances, gan bwyntio at filwr ifanc oedd newydd nesu atynt. "A diolch i'r Meistr Mawr am osod ar fy ffordd wyneb a adwaen, ac un a ddwg i'm cof fy mhentref truan."

"Duw cato ni! Ers pa bryd y mae genethod y wlad yn teithio yn niwyg marchog, gyda'r cleddyf ar y glun?" holai'r brawd Cyrille mewn syndod.

"Peth pur anghyffredin ydyw hyn, fy mharchedig," atebai'r llances yn wylaidd; "ond deddf galed ydyw rhaid yr amseroedd."

"Ac i ble rydych chi'n mynd?" holai'r mynach.

"At frenin Ffrainc, fy nhad, ar neges."

A'r brawd Cyrille ar fedr gofyn ychwaneg o gwestiynau iddi, dynesodd un o'r marchogion a ganlynai'r ferch ifanc, gŵr a ymddangosai wrth ei oed yn ogystal a'i wisg yn bwysicach na'r lleill.

"Byddwch yn fwy gofalus, Jeanne," ebr ef yn fywiog, "mwy na digon o beth yw bod neb eisoes wedi'ch adnabod chi; ac os ewch chi i ddweud eich bwriadau wrth bawb, fe gaeir y ffordd yn ein herbyn ni cyn wired â dim."

"Peidiwch â phoeni, Meistr Jean de Metz," atebai'r ferch ifanc yn dawel; "gallwn edrych ar y rhain fel Ffrancwyr da."

"Erfyniwch arnynt anghofio ddarfod iddynt gyfarfod â chi, ac anghofio'r pethau a grybwyllasoch wrthynt, oblegid ar dewi y dibynna llwyddiant."

"Ar y Meistr Mawr yn unig y dibynna llwyddiant," ebe Jeanne yn dyner; "ond ymdawelwch, yr wyf fi'n sicr y bydd i'r parchedig a'r llanc ifanc dewi."

Sicrhâi Remy a'r mynach hwynt y byddai iddynt fod yn ddoeth.

"Yr wyf yn cyfrif ar hynny, wŷr da," atebai'r llances, "ac uwchlaw pob peth y bydd i chi gofio amdanaf yn eich gweddïau nos a bore; oblegid oddi wrth Dduw a'n saint gwarcheidiol y daw pob peth."

Gyda'r geiriau hyn ymgroesodd, ffarweliodd â'r ddau deithiwr, a chanlynodd Meistr Jean de Metz tua'r porth lle yr oedd eu meirch wedi eu clymu.

Yno bu'n aros am beth amser am ddychweliad amryw o gymdeithion a aethai i geisio ymborth. Cyrhaeddodd y rheiny o'r diwedd; ac wrth lewych y tân na fuont yn hir yn ei gynnau adnabu'r brawd Cyrille yn eu plith Exaudi Nos.

Tynnodd Remy yn sydyn i'r rhan dywyllaf o'r eglwys, a'i gynghori i beidio â gadael i'r saethydd ei weld; oblegid ar ôl y digwyddiad yn y fynachlog, amhosibl fuasai iddo fethu dyfalu amcan eu taith; ac er mwyn ymguddio'n well, aeth y ddau i gysgu ar y dail.

Wedi gorffen eu pryd bwyd, gorweddodd Jeanne a'i chymdeithion ar dipyn o wellt yn agos i lestr maen y dwfr santaidd. Dau yn unig a arhosodd yn effro—Exaudi Nos a marchog arall a wisgai ddiwyg cennad y brenin.

Wedi dwyn y meirch i mewn i'r eglwys er mwyn cael cysgod iddynt rhag y bleiddiaid y clywid eu hoernadau yn y nos, cerddasant tua'r gafell ac eisteddasant wrth y tanllwyth olaf a ddangosai dipyn o lewych. Yr oeddynt, felly, o fewn ychydig droedfeddi i'r tad Cyrille a'i ddisgybl.

Diau y meddai'r ddau eu rhesymau tros gilio oddi wrth eu cymdeithion, oblegid ymddiddanent yn hir, yn fywiog, ac mewn llais isel, a digwyddai enw Jeanne yn barhaus yn eu trafodaeth ddirgel. Ond yn sydyn torrwyd ar eu sgwrs a rhedodd ias o gryndod trostynt.

"A glywaist ti rywbeth yn symud y tu ôl i ti?" gofynnai Exaudi Nos.

"Do," ebr y cennad gan droi.

"Y mae yna rywun yn y fan yna ar y llaesod dail."

"Mynach sydd yna'n cysgu."

"A oes rhywun gydag o?"

"Nac oes, neb."

Bodlonwyd y saethydd; ail gychwynnwyd yr ymgom, a pharhaodd eto beth amser; yna aeth y ddau i gysgu oddeutu'r lludw tân a ddiffoddasai.

Ond cyn dydd, clywid llais Jeanne; deffro ei chymdeithion yr oedd.

"Dowch, Meistr Jean de Metz, Meistr Bertrand de Poulengy," ebr hi, "y mae hi'n amser i ail osod y troed yn yr wrthafl i fynd lle yr enfyn Duw ni."

Ymysgydwodd y boneddigion oddi wrth weddill eu cwsg a chyfodasant. Wedi i'r llances offrymu gweddi mewn llais uchel, cyfrwywyd y meirch ac arweiniwyd hwy allan dan y porth, lle y neidiodd pawb i'w gyfrwy.

Dechreuai'r wawr dorri erbyn hyn, a chanfu Jeanne fod y cennad ac Exaudi Nos yn cadw yn agos ati; aeth trosti ias fel petai'r olwg arnynt wedi deffro ynddi'n sydyn gof am rywbeth; galwodd ati Jean de Metz.

"A wyddoch chi, Meistr," gofynnai, "paham y mae'r ddau ddyhiryn hyn yn eu gosod eu hunain, y naill ar y llaw ddehau, a'r llall ar yr aswy, i mi?"

"Paham hefyd, ond i'ch gwasanaethu fel arweinwyr," atebai'r gŵr bonheddig.

"Yn union fel y dywedwch," atebai Jeanne. "Ond gadawer i ni wybod i ble y dymunan nhw f'arwain i."

"At y brenin, yn ddiddadl."

"Y chi sy'n ateb yn eu lle nhw; ond y mae i mi syniad arall; a chan na fynnan' nhw siarad, fe siaradaf fi trostynt."

"Trosom ni!" meddai'r ddau ddyn mewn syndod. "Yn fuan fe ddown ar draws afon," ebr Jeanne.

Y cennad a'r saethydd yn cyffroi.

"Ar yr afon hon y mae pont heb ganllaw arni."

Y ddau erbyn hyn yn crynu.

"Fe gydia'r ddau ddyn hyn yn afwyn fy march dan esgus ei arwain..."

Y ddau'n awr yn gwelwi.

"A phan fyddwn yn y canol, fe'm gwthiant trosodd i'r lle dyfnaf yn yr afon. Onid felly y cytunasoch i gael gwared o'r un sy'n eich arwain, meddwch chi, i'r fath beryglon mawrion?"

Plethodd Exaudi Nos a'i gydymaith eu dwylo mewn dychryn.

"Trugaredd, trugaredd, y forwyn Jeanne," llefent dan grynu.

"Myn y nefoedd! os gwir hyn, rhaid crogi'r ddau ddyhiryn ar y goeden agosaf!" gwaeddai Bertrand de Poulengy, gan yrru ei farch yn chwyrn tuag at y saethydd a'i gyd-fradwr.

Ond ag amnaid parodd Jeanne iddo sefyll.

"Arhoswch," ebr hi, "cred y ddau hyn mai dewines wyf, ond fe lwyr brofaf iddynt mai oddi wrth y Meistr Mawr y daw fy nerth ac nid o ddiafol. Am y tro hwn nid oes gennym ddim i'w ofni, oblegid cristion a'm rhybuddiodd o'u drygioni. Gadewch iddynt gan hynny ein dilyn heb drafferthu ychwaneg arnoch, a thrwy ewyllys y gwir Dduw ni wnânt i ni un niwed."

Gyda'r geiriau hyn cododd afwyn ei march ac ymadawodd gyda'r holl fintai.

Wedi iddi fynd o'r golwg daeth Remy allan o'r gloer lle yr ymguddiasai, ac o'r lle y llwyddasai i weld canlyniad y rhybudd a roddasai i Jeanne. Oedodd dan y porth cyhyd ag y gwelai ei march gwyn hi yn y nos; wedi hynny aeth yn ôl i'r eglwys i ddeffro'r brawd Cyrille ac i ail gychwyn ar ei daith gydag ef.

Pennod V

Fel y dynesai'r ddau deithiwr at gyffiniau'r tir lle y maentumid awdurdod Ffrainc, âi'r wlad yn fwyfwy diffaith a llwyr ballai'r swcwr egwan a gawsent hyd yn hyn. Wedi blino'n codi tai a losgid yn barhaus, ac yn hau cnydau a dorrid yn las, ffoesai'r boblogaeth, a hynny mor llwyr nes bod pobman yn anghyfannedd. Gorfyddai ar Cyrille a Remy grwydro ymhell o'u llwybr er mwyn mynd heibio i'r trefi y gellid cael rhywfaint o luniaeth ynddynt; ond heblaw bod eu taith fel hyn yn mynd yn hwy, yr oedd cyfarfod â chwmnïau arfog a grwydrai trwy'r tir yn eu dwyn i wyneb mil o beryglon.

Pa un bynnag a fyddent, ai Ffrancod, ai Bwrgwyniaid, ai Saeson, gellid eu hystyried i gyd yn elynion i bawb oedd yn rhy wan i'w gwrthsefyll. Daliwyd ein dau deithiwr amryw droeon, a gorfu arnynt dalu am eu rhyddid cyn belled ag y caniatâi eu tlodi iddynt wneuthur hynny. Ond pan ddaethant i Tonnere, digwyddodd iddynt beth oedd waeth: un ai fel esgus, neu mewn camgymeriad, daliwyd hwy fel ysbïwyr, a bwriwyd y ddau i garchar.

Yn ofer yr erfyniai'r mynach am gael ymddiddan â'r llywodraethwr; aeth llawer o ddyddiau heibio cyn iddo lwyddo i gael hynny. Carcharesid hwy mewn rhyw neuadd isel, yng nghwmni Iddewon, dihirod bryntion a lladron plant. Unig uchelgais y rheiny oedd medru eu hanghofio'u hunain hyd nes i siawns roddi iddynt gyfle i ddianc. Yn ôl arfer yr adeg honno, ni ddarperid yn y carchardai fwy nag un gwely ar gyfair pob tri charcharor. Ar y dechrau, yr un a gysgai gyda hwy a'u cynghorai i ddisgwyl am gyfle ffodus; ond wrth weld nad oeddynt yn bodloni i hynny, dywedodd wrthynt yn y diwedd:

"Myn Lazarus Sant! Am fyrred eich amynedd mi ddangosaf i chi ffordd a'ch dwg o flaen y llywodraethwr yn ddi-oed; ond fe olyga hynny ddioddef ychydig ddyddiau o newyn a chysgu ar y ddaear."

"Pa wahaniaeth, cyd ag y galluogo hynny ni i brofi ein diniweidrwydd?" atebai Cyrille.

"Wel ynte," ebr y carcharor, "o heddiw ymlaen gwrthodwch dalu wyth geiniog ardreth y carchar; cewch fynd wedyn at y rhai sy'n cysgu yn y gwellt ar y llawr; ac am na fyddwch mwyach o ddim elw i'ch ceidwad, fe ofala ef am fynd â chi ar eich union o flaen yr arglwydd lywodraethwr."

Cymerodd Cyrille y cyngor, a digwyddodd y peth a ragwelsai'r crwydryn. Am na châi ceidwad y carchar oddi wrthynt mwyach ddim ond y drafferth o'u gwylio, arweiniwyd y mynach a Remy yn fuan o flaen y llywodraethwr i'w holi.

Cawsant hwnnw yn eistedd wrth fwrdd llawn o gwpanau a llestri piwtar. Gŵr oedd ef oddeutu deugain oed, dipyn yn dew, ond a'i bryd wedi melynu yn yr haul a'r gogleddwynt. Talcen isel oedd iddo, a threm falch, a'r math hwnnw ar wefusau teneuon sy'n awgrymu cybydd-dod a dideimladrwydd.

Ar y pryd yr ymddangosodd y ddau garcharor, daliai tuag at ei yswain gwpan mawr euraid.

"Tywallt," ebr ef, "yr Iddewon sy'n talu am y gwirod bendigaid."

"Ar yr amod y telir y pris amdano iddynt ar ei ganfed," sylwai un o'r gwesteion.

"Yn siŵr, y mae'n gywilydd o beth fod holl aur y bendefigaeth yn mynd i gyfoethogi'r giwed aflan yma," ebr un arall, "y mae'u pyrsau hwy'n llawnion o'n haddewidion a'n biliau ni."

"Heb sôn eu bod yn meiddio bygwth rhoi cyfraith arnom," meddai trydydd gŵr.

"Beth ydych chi'n siarad?" atebai'r llywodraethwr, "onid ysgrifennon nhw at y brenin er mwyn iddo wneud i mi dalu 'nyledion?"

"F'arglwydd, oni wnewch chi'n hachub ni rhag y bleiddiaid rheibus hyn?"

Amnaid a thrawiad amrant gan y gŵr tew.

"Cymerwch dipyn o bwyll," ebr ef, "fe ddyfeisir moddion i beri iddyn nhw eich gollwng chi'n rhydd o bob dyled, a hynny cyn bo hir. Fy nghyngor i ydyw bod i ni yfed beunydd yn wrol, heb boeni am ddim arall ar hyn o bryd."

Parasai lenwi ei gwpan o'r newydd, a dechreuasai ei gwacâu pan ddaeth y brawd Cyrille a Remy o'i flaen. Ymataliodd ar ganol ei ddiod offrwm.

"Wel, beth sydd?" meddai, "o ble daeth yr offeiriad a'r gwalch ifanc?"

Yna, fel pe bai wedi cofio'n sydyn:

"O ie, mi wn," âi ymlaen, "rhai o ysbïwyr Bedford eto? Rhaid iddynt dalu pridwerth, myn gwaed Duw! Boed iddynt dalu pridwerth neu croger hwy."

"O'r gorau," ebr y mynach yn benderfynol, "ond nid yw yr un ohonom ni wedi haeddu na'i brynu na'i grogi; nid cenhadon Bedford mohonom, ond Ffrancwyr cywir."

"Ho, mi rwyt ti am fy ngwneud i'n gelwyddog, a wyt ti?" meddai'r llywodraethwr, a bwrw trem groes ar y mynach. "Gwaed Duw! Hwyrach dy fod di'n credu bod arna i ofn dy abid* di?"

"Yr wyf yn credu y bydd iddi sicrhau i mi barch," ebr Cyrille yn eofn, "oblegid lifrai gwas Duw ydyw hi."

"Myn y nef! Ni'm dawr pa un ai Duw ai diawl a'i piau," gwaeddai ei arglwyddiaeth. "Pwy wyt ti? O ble rwyt ti'n dod? Beth wyt ti'n ei geisio yma? Ateb yn awr ar d'union, neu ynte mi wna i ti a dy gyw grogi ar un o'r coed yn y buarth, cyn wired â mod i'n fy ngalw fy hun yr arglwydd de Flavi."

---

* Abid: gwisg mynach neu leian o urdd grefyddol (Saes. *Habit*)

Bu Remy a'r tad Cyrille bron â neidio wrth glywed yr enw hwn.

"De Flavi!" gwaeddai'r ddau gyda'i gilydd.

Edrychodd y llywodraethwr ym myw eu llygaid.

"Wel?" ebr ef.

"Cefnder yr arglwyddes de Varennes!" meddai'r mynach.

"Beth wedyn?" gofynnai de Flavi, a chraffu mwy.

Agorodd y tad Cyrille ei enau ar fedr llefaru, ond tawodd a sôn; yn unig troes ei lygaid yn ddiarwybod iddo'i hun oddi ar y llywodraethwr at Remy.

Yr oedd yntau eisoes wedi ei feddiannu ei hun.

"Beth ydyw ystyr y syndod yma wrth glywed f'enw i?" gwaeddai de Flavi, "a pham y soniwch chi wrthyf fi am yr arglwyddes de Varennes? Ar f'enaid i, y mae yn y fan yma ryw driciau cythraul. Dowch yma, barchedig, ac os ydych chi'n prisio cynnwys eich cwcwll[*], atebwch heb oedi ychwaneg."

Wrth lefaru'r geiriau hyn, trawodd llywodraethwr Tonnerre ei gwpan ar y bwrdd. Yr oedd Cyrille ar fedr ei ateb, ond crynodd a safodd yn sydyn—yr oedd newydd ganfod y tarw cerfiedig a ffurfiai glust y cwpan euraid.

Daeth tynghedfen Remy ar unwaith i'w gof; a'r darogan drwg a berthynai i arwydd y Tarw, ac nid amheuai fod y perygl hwnnw wedi eu goddiweddyd.

Synnwyd a chythruddwyd de Flavi gan ei ddistawrwydd sydyn, a dechreuodd ail ofyn ei gwestiynau yn wyllt; ond llwyr benderfynasai'r mynach wrthod iddo un eglurhad. Yr unig ateb a roddodd oedd ei fod yn mynd i Touraine, trwy ganiatâd ei brior, ar fusnes olyniaeth; ac ni fedrodd ymdrechion de Flavi dynnu dim pellach na hynny ohono. Wedi llwyr golli ei amynedd, parodd ddwyn y teithwyr yn ôl i garchar er mwyn eu crogi drannoeth fel ysbïwyr collfarnedig.

---

[*] Cwcwll: Penwisg neu gwfwl.

Ar y cyntaf fel bygythiad y cymerai'r tad Cyrille y gorchymyn hwn; ond cryfhaodd ei anesmwythder pan glôdd y ceidwad hwy ar eu dychweliad mewn celloedd ar wahân. Gofynnodd am gael siarad drachefn â'r llywodraethwr, ond atebwyd ef fod hwnnw newydd adael Tonnerre yn arwain cwmni arfog, a'i fod i gyniwair y wlad gyda'r rheiny am lawer o ddyddiau. Megis rhwng cromfachau, ychwanegodd ceidwad y carchar fod y meistr Richard, un o saethyddion yr arglwydd de Flavi, wedi cael gorchymyn i beidio ag anghofio'r carcharorion, ac y byddai yno gyda chyffesydd ar doriad y dydd.

O hyn allan nid oedd lle i amheuaeth; credasai'r tad Cyrille mai peth doeth oedd celu'r gwir, ac yr oedd y distawrwydd hwnnw wedi costio iddo golli ei fywyd ei hun yn ogystal â bywyd Remy.

Dygai'r meddwl hwn fath ar syfrdandod arno. Iddo'i hun gallasai heb ormod tristwch dderbyn yr ergyd annisgwyliadwy hon. Trwy gydol y trychinebau a fuasai ers cynifer o flynyddoedd yn blino Ffrainc, rhedasai cymaint o waed nes cynefino pawb â'r syniad o farw dan orthrech. Wrth arfer gweld ei gyfeillion yn cwympo cynefinai dyn â disgwyl ei farwolaeth ei hun; ond sut y gallai fodloni ar hyn yn gyfran i'r plentyn a gymerasai dan ei adain, y plentyn y rhagwelsai iddo dynged hir a dedwydd. Ni allai'r brawd Cyrille ddygymod â'r syniad o fedi cymaint o obeithion yn eu blodau; ffyrnigai a chwynai bob yn ail. Gweddïai ar Dduw gydag angerddoldeb, neu ail âi dros y ffortiwn a gyfrifasai i Remy; a phara'n elyniaethus yr oedd y Tarw, a Mawrth a'r Forwyn yn para i addo eu dylanwad ffafriol. Ond, er ei waethaf, petruso rhwng gobaith ac ofn yr oedd y brawd Cyrille, a'r ofn yn cynyddu o eiliad i eiliad.

Aethai rhan o'r nos heibio eisoes; dynesai awr eu dienyddiad; ymddangosai pob siawns am waredigaeth wedi colli. Yn sydyn dyma olau coch yn ymddisgleirio oddi allan; llewychai'n gryfach, cynyddai, codai cymylau anferth: tân,

tân! Goleuid y muriau gan ei ddisgleirdeb tanbaid. Clywid y fflamau'n rhuo a'r trawstiau'n clecian. Rhedodd y ceidwaid i agor pyrth y celloedd dan lefain bod y tân yn adran yr Iddewon, y tu ôl i'r carchar. Neidiodd y mynach i'r mynedfeydd culion ac yn galw Remy; daeth llais yn ei ateb wrth ei enw; y naill yn chwilio am y llall ac yn cyfarfod wrth fynedfa'r buarth nesaf i mewn; roedd drws hwnnw'n agored, a hwythau'n rhuthro trwyddo ac yn croesi buarth arall, yn neidio i'r heol, ac yn rhedeg ymlaen gan afael yn nwylo'i gilydd.

Ond tuag at y goelcerth yr arweiniai eu llwybr hwynt; cilgwthid hwy, i ddechrau, gan yr anffodusion a ffoai'n llwythog o'r pethau y llwyddasent i'w cipio o'r fflamau, ac wedyn gan filwyr yr arglwydd de Flavi yn erlid y rheiny i'w hysbeilio. Cofiodd y tad Cyrille yr adeg honno fygythiad y llywodraethwr, a deallodd achos y trychineb. Ond dyma gawod o ludw a phentewynion llosg yn ei orfodi i droi'n ôl; dyma yntau'n dod o hyd i heol gul, unig, yn rhuthro iddi gyda Remy, a'r ddau yn cyrraedd y wlad ar hyd honno. Ond ni safasant nes dod i gwr llwyn tew a sicrhau iddynt nodded. Yn y fan honno, "Dyna ddigon," ebr y mynach, ar golli'i wynt; tremiodd y tu ôl, i fod yn siŵr nad oedd neb yn eu herlid; yna troes at Remy.

"Ha, dyma Dduw newydd wneud gwyrth er ein mwyn ni," meddai.

"Fy nhad!" ebr yntau yng nghyffro llawenydd.

"Bendigedig fyddo Ef am dy achub," meddai'r mynach, gan ymgroesi ag angerdd diolchgarwch yn gwisgo'i wyneb. "I'r milwyr a roddodd yr heol ar dân er mwyn i'r goelcerth ryddhau eu swyddogion oddi wrth eu dyledion yr ydym i ddiolch am y ffawd hon. Ond o ran hynny roedd y ffortiwn wedi ei ragddywedyd: Mawrth yn ein hamddiffyn... ond rhaid peidio ag anghofio eto fod y Tarw bob amser yn ein herbyn!"

Ail gychwynasant ar eu taith ar draws y llwyn, a dilyn yr afon Serein nes dod at ryd; oddi yno cyfeiriasant at yr afon Cure[*]. Cerddasant trwy gydol y nos honno ac am ran o'r diwrnod wedyn; o'r diwedd, yn agos i Vermanton, gorfu arnynt aros gan faint eu blinder.

Curasant wrth ddrws tŷ golygus a godasid yn y coed— tŷ coediwr fel y tybient. Ond diwyg y dosbarth canol a wisgai'r wraig a ddaeth i agor y drws. Edrychodd arnynt ar y cyntaf trwy ragddor rwyllog; holodd beth oedd eu neges, a diweddodd trwy agor â pheth petruster.

Wrth fynd i mewn sylwodd y tad Cyrille a'i gydymaith ar fwrdd ac arno arfau gwaith a darnau o esgyrn. Ond brysiodd y wreigdda i'w harwain i ystafell arall lle y gosododd gadeiriau iddynt o amgylch bwrdd, a rhoddi ar hwnnw y rheidiau i dorri'u newyn.

A hwythau bron llewygu o newyn, bwyta ac yfed heb dorri gair a wnâi'r ddau deithiwr ar y cyntaf. Ond o'r diwedd, wedi cael digon, cyfarchodd y tad Cyrille y wraig, a eisteddai wrth y tân yn eu gwylio'n ddistaw yn ciniawa.

"Fe esgusodwch ein distawrwydd, fy merch," ebr ef, yn y dull mwyn, cartrefol, a ganiateir i'w swydd a'i oed; "ond y sgwrs orau yng ngolwg y lletygar ydyw sŵn cyllell a llwy y gwesteion. Fe dâl Duw i chi am a wnaethoch heddiw i deithwyr truain."

Ymgroesodd gwraig y tŷ ac ochneidiodd.

"O na wrandawai Efe arnoch, fy mharchedig," hi furmurai, "o achos y mae o'n ymweld yn drwm ar bawb am feiau'r ychydig."

"Och fi, rydych chi'n iawn," atebai'r tad Cyrille yn dyner; "dyma'r deyrnas wedi ei thraddodi i ddwy genedl a dau dywysog heb alwedigaeth arall ond dinistrio'i gilydd; hefyd,

---

[*] Seriein, Cure: Afonydd yn ymarllwys i afon Yonne, a hithau yn ei thro yn aberu yn y Seine. RSR

ni fedr neb ddweud pa bryd y derfydd ein gofidiau oni fydd i'r Drindod ei hun ofalu am danom."

"Hwyrach fod yr amser i drugarhau wedi dod," sylwai'r wraig, "canys y mae yna Judith arall eto newydd godi i gadw'r brenin Siarl."

"Judith arall!" meddai'r mynach mewn syndod.

"Wyddoch chi mo hynny?" holai ei gyd ymgomiwr; "ym mis Chwefror cyrhaeddodd merch i Chinon a ddwedai ei bod wedi'i hanfon gan Dduw. Wedi peri ei harholi gan esgobion a chan brifysgol Poitiers gosododd Siarl hi i arwain atgyfnerthion oedd yn mynd i Orleans, ac y mae hi wedi codi gwarchae'r Saeson."

"A ydyw hyn yn bosibl?" ebr Remy ar ei thraws.

"Mor bosibl a'i bod hi ei hun yn Loches, lle y mae'r brenin ar hyn o bryd."

"Yn enw Crist! Rhowch i ni fynd i Loches, fy nhad," gwaeddai'r llanc a chodi ar ei draed; "yno y mae'n rhaid i ni fynd."

Cyfeiriodd y wreigdda at beryglon y ffordd oedd yn llawn o finteioedd Seisnig, a'r rheiny oddi ar eu gorchfygiad yn Orleans nid arbedent neb. Ond ateb y tad Cyrille iddi oedd na fyddai i'r Duw a'u cadwasai ers tri mis eu gadael yn awr. Wrth hynny hithau a fynnai lenwi'r ysgrepan a gariai'r llanc â lluniaeth, a thrwodd â hi i'r ystafell nesaf i lenwi ei gostrel groen. Ond a hi'n cyfeirio am y seler dyma gnocio mawr ar y drws oddi allan a galw arni hithau wrth ei henw.

"Duw cato ni, dyma Nicolle," gwaeddai hithau.

"Ie, wraig," atebai'r llais, "agor mewn munud, rydw'i ar farw o eisio diod a bwyd."

Rhedodd hithau i agor, ac wele ar yr hiniog ŵr melyn ei groen a llawen ei wyneb. Gwisgai fantell pererin a chrogai wrth ei wddf un o'r blychau bychain rhwyllog a ddefnyddid i gludo creiriau i'w gwerthu.

"Iesu Dduw! Y chi sydd yma mewn difri?" ebr y wraig mewn syndod.

"Doeddet ti ddim yn fy nisgwyl i mor fuan," ebr y newydd ddyfodiad; "ond er pan yrrodd Jeanne y Forwyn y Saeson ar ffo ymhobman, y mae'r rheiny wedi troi'n dduwiol, a chyn gynted ag y gwelont fy mantell bererin i, rhedant i brynu creiriau i'w cadw rhag dryglam; felly wedi gwerthu'r cwbl mewn ychydig ddyddiau dyma fi wedi dod yn ôl i atgyflenwi fy mhecyn miraglau."

"Ust, yn is, druan!" meddai'r wraig ddychrynedig ar ei draws, "y mae yma lanc a mynach."

"Ho, go-dem!"

"Yn enw Duw, tafl y fantell yna mewn munud..."

"Ni waeth iddo fo heb, ddim," meddai'r tad Cyrille, wedi dywed y cwbl o'r ystafell nesaf ac yn dod ymlaen yn awr ag wyneb llym, llidiog.

Ciliodd y wraig yn ôl dan ochneidio. Ond am y pererin, wedi'r syndod cyntaf, edrychai fel pe bai wedi penderfynu dal ei dir.

"Myn y nef, fy mharchedig, fe fyddwch chithau'n gwrando cyffes pobl heb iddyn nhw eich amau chi," ebr ef yn ysgafn a digywilydd.

"Taw, gablwr aflan," llefai'r mynach a'i ddigofaint wedi diffodd ei oddefgarwch arferol; "bererin gau, annuwiol luniwr celwyddau crefyddol, a elli di anghofio'r poenau tragwyddol sy'n siŵr o gosbi dy dwyll yn y byd arall?"

"Gwell o lawer gennyf gofio'r elw a wobrwya fy mhoen yn y byd hwn," atebai Nicolle yn eofn. "Myn yr holl ddiawliaid, fy mharchedig, nid gweddus i chi fy ngheryddu i am fyw ar ffwlbri twyll, ac onestrwydd yn peri i chithau farw o newyn. Fe fûm yn glerc twrne, ac wedi hynny yn ganwr yng nghôr y plwyf, a siwt salw o frethyn eilban a wisgwn, a chaws geifr a bara haidd a gwellt ynddo a fwytawn; ceisiais agor siop groser yn Auxerre, lladrataodd y milwyr y nwyddau a anfonasid i mi, a bu raid crogi baniar ar y gongl[*]. Wedi methu byw ar fy llafur penderfynais fyw ar f'ystrywiau; nid arnaf fi y mae'r bai, ond ar y sawl a orfu arnaf."

"Och fi, dyna'r gwir," cadarnhâi'r wraig; yr oedd galwedigaeth y pererin gau yn amlwg yn deffro peth poen cydwybod ynddi hi, ond dymunai er hynny ei esgusodi o flaen y mynach. "Ni ddewisodd Nicolle ei grefft, ac os gellir ei feio am yr arian a ennill, fe ŵyr o leiaf sut i neilltuo cyfran at weithredoedd da."

"A'r praw o hynny," ychwanegai'r pererin gan wthio'i law i'w bwrs a thynnu allan ohono amryw ddarnau o arian, "yw fy mod yn erfyn ar y parchedig am iddo beidio â'm hanghofio yn ei weddïau."

Gwrthododd y mynach yr arian.

"*Vade retro*![†]" meddai, a chodi'i lef, "arian y diawl ydyw'r rhain! Ni fynna i ddim oddi ar law bradychwr Duw. *Vade retro*!"

"'Dydych chi ddim yn llawn mor gydwybodol ynghylch bwyd," meddai Nicolle, wedi ei frifo, â'i lygaid ar yr ysgrepan a gariai Remy.

Cydiodd y tad Cyrille yn honno'n ffyrnig.

"Ha, o'r gorau," gwaeddai, "roeddwn i wedi anghofio hon, a da y gwnaethoch yn ei dwyn ar gof i mi. Pe gorfyddai arnaf farw o newyn noeth, ni chaiff neb ddwed ddarfod i mi gyfranogi o fara anwiredd. Cymerwch eich elusen yn ôl ac arhosed ar siars eich enaid."

Wedi gwacâu'r sach, trodd hi am un o'i freichiau; yna cydiodd yn y ffon gelyn a safai wrth y porth a cherddodd allan gyda Remy heb oedi'n hwy.

---

[*] Une bannière sur mon pignon, arwydd methdaliad. RSR
[†] Vade retro: Lladin, "Dos yn fy ôi i." RSR

Pennod VI

Yr oedd clywed am y llwyddiant a gâi'r ferch anhysbys hon a arweiniai luoedd Ffrainc yn enw Duw, ac am ddyfodiad y llys i Loches, wedi peri llawenydd dirfawr i'r gŵr ifanc; a mwy fyth fu ei lawenydd pan glybu ei bod newydd adennill oddi ar y Saeson y naill ar ôl y llall— Jergeau, Meung a Beaugency, a bod y brenin ei hun yn ymdeithio ymlaen gyda hi tua Beauce.

Yn fuan newidiodd ei arweinydd ac yntau eu cyfeiriad, troesant tua'r gogledd, gadawsant Orleans ar eu chwith a chyraeddasant odre coedwig Neuville.

Hyd yn hyn daliasai'r tad Cyrille flinderau'r daith yng ngrym ei ewyllys gref, ond âi'r ffordd yn fwy anodd o hyd, ac nid digon gwroldeb yn unig i orchfygu'r rhwystrau. Croesai'r ddau deithiwr wlad wedi ei hanrheithio gan y Saeson a dramwyasai'n ddiweddar trwyddi, gan wacâu'r trefi a'r cestyll lle yr arferent gadw garsiwn. Ciliasant heb adael ar eu hôl yn unman ddim ond unigrwydd ac adfeilion, Pallai ymborth ein teithwyr heb iddynt fedru cael cyflenwad newydd. Rhaid oedd byw ar wreiddiau a llysiau gwylltion wedi eu tynnu o ochrau cwysi'r braenar. Trwy gydol tridiau ni chyfarfu â hwynt un bod byw, Disgynnai'r glaw bron yn ddibaid, heb iddynt allu cael cysgod namyn ambell hofel â'i phen ynddi neu gerbydau wedi eu gadael ar ôl. Hyd yn hyn dioddefasai'r tad Cyrille lafur a gwasgfa'r daith heb gwyno, ond ni fedrai eu dal yn hwy. Y pedwerydd dydd, yn y fynedfa i brysglwyn bychan, safodd wedi ei orchfygu gan oerni, blinder a newyn, ac eisteddodd yn drwm ar foncyff pren wedi cwympo.

"Pe enillai hynny baradwys i mi, ni fedrwn fynd un cam ymhellach," ebr ef yn wan ei lais, "gad fi yma, fy mab... a dos ymlaen hebof fi."

"Yn enw Duw, fy nhad, un ymdrech eto," meddai Remy, "dichon y cyrhaeddwn o leiaf ryw gaban lle y gallwn gynnau mymryn o dân. Yma yr ydych heb gysgod.... Fy nhad, rydw i'n crefu arnoch chi."

Mwmian annealladwy oedd unig ateb y tad Cyrille; yr oedd ei amrannau wedi cau, wedi fferru yn yr oerni, a'i aelodau, wedi trymhau gan flinder, yn methu symud. Parhâi Remy i erfyn dros ysbaid, ond yn gwbl ofer—yr oedd ei gydymaith wedi cysgu!

Yn ei ddychryn, rhedodd tua'r briffordd dan waeddi'n uchel ei lef, a chwilio â'i lygaid ynghanol y nos a'u daliasai bellach, am ryw fwg a roddai obaith iddo fod swcwr gerllaw. Wedi hir dremio'n ofer, credai ei fod yn gweld ymhellach draw ar ochr y ffordd adeilad na fedrai'n glir weld ei ffurf, ond a ymddangosai'n bwysig ac uchel. Heb amau nad tŷ ydoedd hwn, dychwelodd at y brawd Cyrille, cododd ef yn ei freichiau a dechreuodd trwy fawr ymdrech ymlusgo yng nghyfeiriad y cysgod y cawsai gipolwg arno.

Y mynach yntau yn hanner effro a ymsythai ar ei draed ac a ddechreuai gerdded fel peiriant. O'r diwedd cyrhaeddodd y ddau at yr adeilad yr ymgodai'i ddelw aneglur yn y tywyllwch. Cododd Remy ei olwg... crocbren llys senesgal* y rhanbarth oedd yno, ac arno crogai corff y troseddwr diweddaf a gawsai ei ddienyddio!

Parodd y siomiant hwn iddo dorri'i galon yn lân loyw. Wedi tremio o'i ddeutu o'r newydd heb fedru canfod dim ond tywyll affwys y nos a'r coed yn dyrchafu eu canghennau ceimion yn ei chanol fel rhithiau alaeth, eisteddodd wrth ochr y tad Cyrille, gosododd ei ben yn un

---

* Senesgal: Math ar farnwr rhanbarth yn gweinyddu cyfiawnder dros y brenin. RSR

o blygion mantell y mynach ac ildiodd i'r cysgadrwydd y buasai hyd yn hyn yn ymladd yn ei erbyn.

Ond arhosai eto weddill o'r egni bywiol i frwydro yn ei galon, ac i beri iddo ryw hanner gweld beth a ddigwyddai o'i ddeutu; teimlai'r glaw wedi ail ddechrau disgyn, ac yn hanner diarwybod ail osododd y cwfl dros ben y brawd Cyrille; yna clywai grugleisiau'r adar ysglyfaethus o amgylch y crocbren; wedi hynny oernadau'r bleiddiaid wrth herwa ar gyrion y prysglwyni; ac yn olaf tybiai weld rhyw gysgod yn dynesu atynt!

Gwnaeth ymdrech i sefyll ar ei draed, a gwelai hen wrach â golwg erchyll arni wedi sefyll hithau wrth ei weld ac fel pe bai wedi synnu.

"Yn enw Duw'r Tad... a'i Fab Ef," ebr ef rhwng ei ddannedd, "pwy bynnag ydych chi... rhowch swcwr i ni."

"Pwy wyt ti, a pha beth yr wyt ti'n ei wneud yn y fan yna?" holai'r hen wrach.

Eglurodd Remy iddi mewn geiriau toredig fel yr oedd ef a'i arweinydd wedi eu dal gan y nos yn y lle yr oeddynt. Crefodd arni o'r newydd ddangos iddo ryw gysgod a'i helpu i arwain ei gydymaith iddo. Rhyw gloffi rhwng dau feddwl yr oedd yr hen wrach ar y cyntaf, ond o'r diwedd penderfynodd wrando arno; cydiodd yn un o freichiau'r tad Cyrille a chymerodd Remy y llall, a rhyngddynt arweiniasant ef hyd at y bryncyn ar gwr y llwyn.

Hen gastell yn adfeilion ers llawer dydd oedd coron y bryncyn, â'i dyrau candryll yn wynion yn erbyn yr awyr lwythog o niwl. Wedi dilyn llwybr creigiog a chroesi gweddillion y muriau, agorodd yr hen wrach o'r diwedd ddrws math ar ogof dan y ddaear wedi ei chadw'n ddianaf ynghanol yr adfeilion; dyna lle gwnaethai ei chartref.

Gadawodd ei gwesteion wrth y drws am funud, a dychwelodd yn fuan efo lamp wedi ei goleuo; ond yn yr olwg ar fantell y tad Cyrille na adawsai'r nos iddi ei gweld cyn hynny, methodd ganddi beidio a dangos ei syndod, neu'n wir, ei hofn.

"Mynach!" ebr hi.

"A fuasai'n well gennych chi filwr ynte?" holai'r crefyddwr dan wenu; yr oedd eisoes yn dechrau dod ato'i hun. "Nac ofnwch ddim, wraig dda, pobl heddychlon ydym ni, a byddwn yn ddwbl ddiolchgar os bydd i chi, ar ôl rhoi lle i ni dan eich to, ail oleuo eich aelwyd i ni."

Grwmialodd yr hen wrach rai geiriau annealladwy, cymerodd y lamp a gwahoddodd ei gwesteion i ystafell arall nes i mewn; ond yr oedd Remy newydd fwrw golwg tros yr ystafell lle yr oeddynt ar y pryd ac wedi cydio'n sydyn yn llaw'r tad Cyrille, a'i lais wedi newid wrth iddo ei gyfarch:

"Nodded Duw i ni! A welwch chi ymhle'r ydym ni, fy nhad?"

Cododd y mynach ei ben, a rhedodd ias drosto yntau yn ei dro.

"Onid wyf yn fy nhwyllo fy hun, labordy'r wyddor ddieflig sydd yma," ebr ef yn fywiog, â'i gywreinrwydd yn amlwg yn gryfach na'i ddychryn.

"Dowch allan, fy nhad, dowch allan," meddai Remy ar ei draws, gan geisio ei dynnu oddi yno.

Ond ni fynnai'r tad Cyrille mo hynny: credai yntau fel pobl yr oes honno mewn tesni; ond er ei fod yn ystyried y peth yn ddysgeidiaeth uniongyrchol y cythraul, rhyfelai'r eiddgarwch gwyddonol yn ei ysbryd yn erbyn ei awydd am iechydwriaeth, a pharai fod ei ddiddordeb yng nghelfyddyd fawr y dewin yn gymaint, a dweud y lleiaf, â'i arswyd rhagddi. Yn nirgelwch y labordy, ceisiasai yntau ei hun yn yr amser a fu gyflawni rhai cyfarwyddiadau dewinol; ac os oedd bellach wedi peidio â phethau felly yr achos am hynny oedd aflwyddiant ei gynigion cyntaf ac nid ei uniongrededd. Yr oedd cyfarfod â merch wedi ymroi i'r wyddor ddamniol hon yn ail ddeffro'r hen awyddfryd o'i fewn, ac edrychai o'i ddeutu yn awchus.

Yr oedd y math ar ogof yr oedd ynddi yn llawn o bob siort o'r gwrthrychau dirgel a ddefnyddir mewn swyngyfaredd: crochanau o wahanol faint i ferwi swynion serch, cudynnau gwallt y gellid eu newid yn ddarnau aur, drychau dur caboledig y gallai'r gelfyddyd ddewinol ddangos ynddynt wynebau'r absennol, ffyn cyll at gyfeirio'r cymylau, delw gŵyr â nodwyddau dur, hirion, yn ei chalon i ddwyn marwolaeth ar y sawl a gynrychiolid ganddi, esgyrn dynol, cortynnau crogi (9), pennau gwiberod at wneud y mathau o enaint sy'n newid ffurf pobl. Ond y peth a drawodd lygaid y tad Cyrille yn anad dim oedd llyffant du anferth yng ngharchar dan belen wydr. Gwisgai hwnnw ar ei gefn fantell fechan o sidan symudliw a arwyddai ei fod wedi ei fedyddio gan offeiriad cableddus; ac ar ei ben yr oedd math ar grib disglair.

Nid oedd yr hen wrach yn ddall i gywreinrwydd sylwgar y mynach; ac ychwanegodd hithau ato trwy lafarganu, fel math ar fygwth, y gwahanol ddoniau a berthynai i'w chelfyddyd.

Yr oedd Remy bron â llewygu gan ddychryn, ac fe fynnai ruthro allan trwy'r drws; ond rhwystrodd y tad Cyrille ef oblegid yr oedd ef yn rhyfeddu yn ogystal ag ofni.

"Aros," meddai, "aros ac ymgroesa; ni all grym y cythraul orchfygu arwydd y Prynedigaeth. Yn enw y Tad, y Mab a'r Ysbryd Glân, yr wyf yn gorchymyn i ti, wasanaethydd Astaroth a Beelzebub, i beidio â'th fygwth ac ymwrthod â'th swyngyfaredd."

Peidiodd y ddewines, a safodd heb syflyd am ysbaid yn agos i'r drws. Nid amheuai'r tad Cyrille nad ufuddhasai hi er ei gwaethaf i'r geiriau grymus a lefarasai ef; ond rhyw ymwrando yr oedd yr hen wrach, ac yn sydyn dynesodd atynt, ac ebr hi:

"Y mae rhywun yn dod i ymgynghori â brenhines Neuville."

"'Rwyt ti wedi cael rhybudd o hynny gan y cythraul?" holai'r mynach mewn syndod.

"Y mae yna amryw," ychwanegai'r ddewines, a throi'i chefn at y drws; "maen nhw'n arfog; ymneilltua gyda'r llanc a gad i mi ymddiddan â hwy ar fy mhen fy hun."

Cydiodd yn y lamp a cherddodd at un o'r ystafelloedd nesaf; yno y gwnaeth i'w dau westai fynd.

Ogof eang ydoedd hon, ac yn ei phen draw yr oedd tanllwyth braf o dân a llaesod o ddail sychion. Cynghorodd brenhines Neuville y ddau deithiwr i ymdwymo a gorffwys, ac yna gadawodd hwy a chaeodd y drws ar ei hôl.

Yr oedd dychryn Remy ymhell o fod wedi diflannu. Ceisiai'r mynach ei dawelu ei orau trwy ei sicrhau y gellid gorchfygu geiriau dewiniaeth â'r geiriau a ddefnyddid i fwrw allan gythreuliaid. Wedyn nesaodd at y tân a phrociodd ef, a chymhellodd y gwas ifanc i eistedd gydag ef ar y llaesod dail.

Ond dyma lais yr ymwelwyr newyddion i'w glywed o'r ystafell nesaf. Neshaodd Remy yn ofalus at y drws a gaeasai'r hen wrach, ac wrth osod ei lygaid ar y craciau rhwng yr ystyllod anwastad, gwelai'n eglur yr holl bersonau yn yr olygfa a chwaraeid yr ochr arall.

Safai brenhines Neuville ar ei thraed rai camau oddi wrtho, a daliai yn un llaw wialen haearn, a gorffwysai'r llaw arall ar y belen wydr a orchuddiai'r llyffant bedyddiedig. Yn agos i'r porth, safai tri gŵr a adnabuwyd yn union oddi wrth eu gwisgoedd a'u lliwiau fel saethyddion yr arglwydd de Flavi. Ymddiddanai'r tri'n ofnus ac ymhell oddi wrth y ddewines; ond o'r diwedd dyma un ohonynt yn ymgaledu: wedi cymryd cam ymlaen câi ei hun yn y rhan a oleuid gan y lamp, ac felly daeth ei wyneb, a oedd yn y cysgod o'r blaen, yn sydyn i'r golau, ac adnabu Remy Exaudi Nos.

Er ei fod yn siarad â'r hen wrach â'i ddigywilydd-dra arferol, eto yr oedd yn ei ddigywilydd-dra elfen o anesmwythder amlwg.

"Felly, wedi dod i geisio crys swyn[*] yr wyt ti i gadw dy groen rhag clwyfau?" ebr brenhines Neuville, yn amlwg fel ateb i gais a wnaethai'r saethydd cyn hynny.

"Ie," ebr yntau, ac yn methu'n lân a thynnu ei olwg oddi ar y llyffant yn y fantell sidan; "crys a'm ceidw rhag ergydion drwg a hefyd rhag swyngyfaredd."

"A pha beth a fyn dy gymdeithion?" holai'r ddewines.

"Amdanaf fi," ebr un o'r milwyr a arhosai yn y cysgod, saethydd ar farch, fel y dangosai ei wisg, "fe garwn i gael tipyn o'r powdwr swyn hwnnw yr ydych chi'n ei wneud o gath wedi'i blingo, llyffant, cenau goeg ac asp."

"A minnau," ebr y trydydd, a ddygai wayw marchog ysgafn, "fe garwn i gael gwybod y geiriau y mae'n rhaid eu dweud pan fynno dyn dalu *refugâ pecuniâ* (10), sef y modd i gael yr arian a delir yn eu hôl ohonynt eu hunain i'r pwrs."

"A dyna'r cwbwl?" gofynnai brenhines Neuville, â'i threm drachefn ar Exaudi Nos.

"Onid ydyw hyn yn ddigon?" ebr yntau, mewn tipyn bach o benbleth.

Trawodd y ddewines y crochan mawr â'i gwialen haearn.

"Y mae gen ti beth llawer pwysicach i'w ofyn i mi," ebr hi'n ffyrnig; "wedi dod yr wyt ti i ymgynghori â mi ar ran dy feistr!"

Yr oedd y saethydd wedi ei syfrdanu.

"Myn satan! Y mae hi wedi dyfalu'r gwir," ebr ef, gan gamu'n ôl ac edrych ar ei gymdeithion. "Duw yn dyst i mi, dwyawr yn ôl y soniodd yr arglwydd de Flavi wrthyf gyntaf am y peth, a hynny yn Nhafarn y Coed. Ond gan dy fod

---

[*] Crys Swyn (une chemise de sûrete): Yn llythrennol, crys diogelwch. RSR

ti'n gwybod y cwbwl, wraig neu ddiawles, ni waeth i mi beidio a siarad â thi."

"Siarad ti, serch hynny," ebr brenhines Neuville yn awdurdodol, "y mae arna i eisio gwybod a wyt ti'n onest."

"I ba ddiben deud celwydd pan fo un yn darllen gwaelod meddwl dyn?" ebr Richard yn ofnus. "Y mae'r arglwydd de Flavi wedi clywed i sicrwydd nad oes dim yn guddiedig oddi wrthyt ti, ac wedi f'anfon i yma i ofyn i ti rai cwestiynau."

"Rhowch i ni weld."

"I ddechrau, mi ddylet wybod bod ein meistr ers cryn amser yn chwilio am etifedd yr arglwyddes de Varennes, a bod arno ofn iddo ddod yn ôl."

"Nid yw wedi llwyddo i ddod o hyd iddo?"

"A deud y gwir, fe ddigwyddodd iddo ddod i'w law yn ddiweddar, a gadawodd yntau iddo ddianc, heb amau na fyddai'n siŵr o drengi wrth wneud."

"Ond fe ddaeth i wybod yn amgenach wedyn?"

"Pan es i'n ôl i Tonnerre mi ddois i wybod heb ddim trafferth, oddi wrth yr hanes a glywais am ddau garcharor wedi dianc, yr arglwydd ifanc de Varennes a'r mynach a'i gwasanaethai fel arweinydd."

"Mynach!" meddai brenhines Neuviile.

"Ni ŵyr yr arglwydd de Flavi pa ffordd yr aethant," ychwanegai Exaudi Nos, "a dyna a fynnai wybod gennyt ti."

"Dyma hwy!" ebr yr hen wrach fel petai'n siarad â hi ei hun; "mynach mewn oed, moel, a gwas ifanc hefo fo, tuag un ar bymtheg oed... llanc cryf... yn gwisgo fel newyddian."

"Ar f'enaid i, dyna hwy i'r dim," ebr y saethydd wedi synnu mwy fyth.

"Ac rwyt ti'n chwilio amdanyn nhw?" holai'r hen wrach.

"A deud y gwir, fe garai'r arglwydd de Flavi wybod ble maen nhw."

"A faint a rydd o, os dweda i hynny wrtho fo?"

"Mi wyddost, felly, ble maen nhw?"

"Beth pe bawn i'n rhoi'r mynach a'i gydymaith yn 'i law o?"

"Ym mhle?"

"Yma, yn y fan a'r lle."

"A ydyw hynny'n bosibl?" gwaeddai Exaudi Nos. "Beth! A fedar grym dy ddewiniaeth di ddod a hwy yma..."

"Dim ond i ti roi i mi'r ddau ddarn aur a dalodd yr arglwydd de Flavi i ti," ebr brenhines Neuville, gan estyn ei llaw rychiog.

"Ha, mi wyddost hynny hefyd!" ebr y saethydd, a synnu mwy eto; ac wedi tynnu'r arian o wregys ei ddillad lledr. "O'r gorau, hwda... a gad i mi weld a fedri di gyflawni d'addewid."

Cuddiodd yr hen wrach y darnau aur yn ei mynwes; yna dechreuodd droi a murmur geiriau dieithr a ffurfio â'i gwialen gylchau dewiniaeth. Fel yr âi ymlaen i lefaru, fe ddeuai'n amlwg fod sŵn ei llais hi ei hun yn codi math o bendro arni; rhedai o gylch yr ystafell, curai'r crochanau soniarus â'i gwialen haearn, a gwaeddai'r geiriau cabalistaidd: Vach, Vech, Stest, Sty, Stu. Wrth y gri hon codai oernadau o'r ystafelloedd oddi amgylch, neidiai'r llyffant a'r crib llachar dan y belen wydr, a chodai rhai nadroedd eu pennau o un o'r llestri y cyffyrddai'r ddewines â hwynt.

Ciliasai Exaudi Nos a'i gymdeithion mewn ofn hyd at y porth; ond yn sydyn safodd brenhines Neuville ar ei chylch o flaen yr ogof lle yr oedd y tad Cyrille a Remy wedi eu cau, a llefodd:

"Da iawn, Mysoch[*], dyma hwy yma."

"Pwy yma?" holai'r saethydd; yng nghanol ei ddychryn nid anghofiasai ef amcan y witsio.

---

[*] Mysoch: Enw llyffant bedyddiedig yr hen wrach, ac enw un o'r diafliaid cyn hynny. RSR

Yn ateb i'w gwestiwn, agorodd brenhines Neuville ddrws yr ogof, a gwelai'r tri milwr y mynach a'r llanc yn sefyll wrth y trothwy.

Pennod VII

Trannoeth, yn oriau'r bore, arhosodd llu'r arglwydd de Flavi ar ran o'r gwastadedd sy'n gwahanu Artenay oddi wrth Patay. Disgynasai'r marchogion er mwyn i'r meirch gael pori, ac yr oeddynt yn gorwedd ar y glaswellt i orffwyso. Mewn tŷ to gwellt yr oedd eu pennaeth, â negesydd newydd gyrraedd yno ato ar garlam gwyllt; ac yn awr dyma'r pennaeth yn dod allan ar ffrwst ac yn gorchymyn i bawb neidio ar ei farch. Yr oedd newydd glywed ddarfod gorchfygu'r Saeson yn Patay, a bod y brenin wedi cyrraedd gyda'i fyddin fuddugoliaethus.

Buan yr ymledaenodd y newydd ymhlith ei gymdeithion i gyd, a phawb yn prysuro i gyfrwyo'i farch ac ymarfogi i redeg i gyfarfod â Siarl VII; ond dyma Exaudi Nos yn cyrraedd wedi ei orchuddio â llaid a chwys.

Llywodraethwr Tonnerre, ar fin esgyn ar ei farch, yn yr olwg arno, a safodd:

"Wel?" holai'n fywiog wrth fynd a'r saethydd o'r neilltu.

"Mi lwyddais," ebr Richard yn gawr.

"Beth? Y ffoedigion?"

"Edrychwch."

Wedi troi, gwelai'r arglwydd de Flavi y tad Cyrille a Remy yn ei ymyl, o dan goeden gollen Ffrengig, a dau gydymaith Richard yn eu gwarchod.

"Duw cato ni! A dyma nhw mewn difrif?" ebr ef mewn syndod.

"Dyma nhw, f'arglwydd," atebai Exaudi Nos, "gwnaeth brenhines Neuville iddynt ddod ati wrth ei gorchymyn."

"Felly, ac rwyt ti'n siŵr dy fod yn adnabod y llanc ifanc a'r mynach?"

"Cyn siŵred â 'mod i'n eich gweld chi."

Daeth golwg galed a phenderfynol ar wyneb yr arglwydd de Flavi. Syllodd am foment ar y carcharorion, fel petai wedi penderfynu ynddo'i hun pa beth a ddylai ei wneuthur, yna cerddodd yn chwyrn tuag atynt.

"Myn y mil diawliaid! Ni ddihangant o'n dwylo ni'r tro hwn," ebr ef; "'wnawn ni'r un goelcerth yn y fan yma i achub y bradwyr."

"Na soniwch am fradwyr, f'arglwydd," ebr Cyrille, "oblegid gwyddoch ein bod ni yn Ffrancwyr cywir."

"A feiddi di edrych ym myw fy llygaid i ac ateb mor wyneb galed â hynna, fynach gau?" meddai de Flavi yn ddigllon ar ei draws. "Ar fy Nuw! Mi wnaf esiampl o'r gwŷr anfad hyn sydd wedi gwerthu Ffrainc i'r tramorwyr."

Cododd murmur o gymeradwyaeth o blith y gwŷr arfog a gylchynai'r carcharorion.

"Ie, ie, y mae eisio gwneud esiampl," meddai lliaws o leisiau. "Cortyn, dowch â chortyn!"

"Dyma fo," gwaeddai Richard; yr oedd wedi tynnu penffrwyn un o'r meirch cynhorthwy.

"Hwrê! Hwrê!"

"Wneiff hwnna ddim crafat i ddau," sylwai un o'r gwŷr arfog.

"Pob un yn ei dro, fel y bydd y gwylwyr," atebai un arall.

"Â phwy y dechreuwn ni?"

"Efo'r mynach, efo'r mynach."

"Nage," ebr de Flavi, "efo'r bachgen."

Yr oedd Exaudi Nos wedi dwyn march at y goeden; a chan godi ar ei draed ar y cyfrwy, cydiodd mewn cangen a chlymodd gynffon y penffrwyn wrthi. Mynnai'r ddau filwr gydio yn Remy i'w godi at ben arall y cortyn, ond hyrddiodd y tad Cyrille ei hun rhyngddynt.

"Na leddwch ef," llefai'n wyllt, "yn enw y Duw byw, na leddwch ef; nid ysbïwyr mohonom. Fe ŵyr yr arglwydd de Flavi hynny… o achos y mae ei saethydd yn ein hadnabod. Y mae o wedi cael croeso yn ein mynachlog ni; fe iacheais i'r clwyf ar ei goes dde. Rydw i'n ei dynghedu o i ddweud y gwir yn y fan yma."

"Onid oes neb â choes chwip ganddo i gau safn y clebryn hwn?" llefai de Flavi ar ei draws.

"Llefared y saethydd! Rydw i'n tynghedu'r saethydd!" gwaeddai'r mynach drachefn.

"Brysiwch," ebr y llywodraethwr, "crogwch y llefnyn, crogwch o!"

Ond llwyddasai'r tad Cyrille i dorri'r rheffynnau a'i rhwymai, a pharhâi i amddiffyn Remy fel un gorffwyllog.

"Na," ebr ef, "fedrwch chi mo'i ladd o â chortyn… y mae o o waed bonheddig… amddiffynnwch o, fy meistriaid; rhowch gyfle o leiaf i chwilio beth yw'r gwir; rhowch amser i ni brofi pwy ydym ni… bradwriaeth ydyw hyn… llofruddiaeth… y mae ar yr arglwydd de Flavi eisio rhoi diwedd ar berthynas…"

"Oni orffenni di byth, saethydd uffern?" bloeddiai de Flavi yn welw'i wedd ac yn cau ei ddwrn ar Exaudi Nos. "A chithau'r lleill ohonoch chi, 'fedrwch chi ddim rhoi pen ar fynach a phlentyn? Tynnwch y cortyn, yn enw'r nef, tynnwch y cortyn; ac os na fedrwch chi ei grogi o, agorwch ei wddw fo â chleddau."

Wrth ddweud y geiriau hyn, tynnodd ef ei hun y miséricorde* a gariai yn ei wregys hanner y ffordd o'r wain; ond aflonyddwyd arno gan floeddio a chynnwrf sydyn ymhlith y gwŷr arfog a'i canlynai; yr oedd llu o farchogion newydd ymddangos yn nhroad y ffordd, ac yn nesu atynt

---

* Miséricorde: "Llafn trugaredd"; math ar ddagr a gariai swyddogion milwrol yn eu gwregys i roddi milwr a glwyfasid yn angeuol allan o'i boen. RSR

ynghanol cwmwl o lwch. Oddi wrth eu gwisgoedd o sidan ac aur, a'r plu a addurnai eu helmau a'u meirch, gwelai pawb mai gwŷr meirch y brenin oeddynt.

Yn eu canol yr oedd Siarl VII, ac yn ei ddilyn y cwnstabl de Richemont la Tremouille, a'r Forwyn gyda'i baniar o frethyn ymyl aur; ar y faniar hon yr oedd llun Crist yn ei lys ar y cymylau, ac yn dal yn ei law bellen y byd; islaw yr oedd dau angel yn addoli, ac yn ysgrifenedig mewn llythrennau aur Ihesus Maria.(11)

Â phelydr heulwen arnynt yn peri i'w gwisgoedd a'u harfau ddisgleirio, daeth y llu ar eu hunion tuag at yr arglwydd de Flavi a safasant heb fod yn nepell oddi wrth y gollen Ffrengig.

Wedi adnabod y brenin rhedodd yr holl wŷr arfog am eu meirch er mwyn ffurfio eu rhengau i roddi derbyniad iddo; a rhaid oedd i de Flavi wneuthur yr un modd. Y tri milwr yn unig a arhosodd gyda'r mynach a Remy; ond gollyngasant yr olaf, a godasid ganddynt at y cortyn, a gadawsant iddo ddisgyn i'r llawr.

Am ysbaid yr oedd llygaid pawb, hyd yn oed y carcharorion, ar y llu buddugoliaethus oedd newydd gyrraedd. Ymryddhaodd y cylch y safai'r brenin yn ei ganol yn araf oddi wrth y lleill, a dod ymlaen at gwmni yr arglwydd de Flavi, a oedd erbyn hyn yn sefyll yn eu rhengau. Ymdeithiai'r Forwyn ar ddeheulaw Siarl wedi ymwisgo mewn llurig a wnaethid yn arbennig iddi, ac wrth ei gwregys y cleddyf â'r pum seren ar ei garn (12), a gawsid yn eglwys Fierbois; yr oedd ei mwgwd i lawr fel petai'n mynd i frwydr.

Pan gyrhaeddodd hi o fewn ychydig i'r goeden gwelodd y mynach a'r llanc ifanc wedi eu rhwymo, a sylwodd ar y cortyn yn crogi wrth y gangen.

"Er mwyn Duw! Beth y maen nhw'n geisio wneud i'r bobl hyn?" hi safai i holi.

"Na chymerwch ddim sylw ohonynt, bradwyr ydynt hwy," atebai'r arglwydd de Flavi, yn ewyllysio eu pasio.

"O bydded iddynt farw felly, os dyna ewyllys Crist!" ebr Jeanne gydag ochenaid.

Yna, wedi dod ychydig gamau'n nes, safodd drachefn a gwaeddodd mewn syndod:

"Bradwyr?" ebr hi'n fywiog, "ar f'enaid i, rydych chi'n camgymeryd, f'arglwydd."

Ar ôl iddi godi ei mwgwd dangosodd i lygaid syn Remy bryd a gwedd y fugeiles o Domremy!

Cododd y llanc ifanc ei lef ac estynnodd ei ddwylo tuag ati; gyrrodd hithau ei march hyd ato a phlygodd i lawr.

"Ai gwir y peth a ddwedir?" ebr hi'n gyflym, "a wyt ti'n gyfaill i'r Saeson?"

"Rhodder i mi arfau," llefai Remy yn ddigllon angerddol, "a cheir gweld ai Siarl ai Bedford a biau fy nghalon."

"Ar fy Nuw, dyna ateb uniawn," ebr y Forwyn, a chan droi at Siarl a oedd erbyn hyn wedi nesu atynt: "ac ni wrthyd ein brenin hael ei bardwn i fugail geifr truan o'm bro i."

"Gofynnwch am gyfiawnder yn unig iddo," gwaeddai'r mynach, "a bydd y bugail geifr truan yn arglwydd o fôn a chyfoeth; canys cyn wired â bod Duw yn dri pherson, y llanc ifanc hwn yw mab cyfreithlon yr arglwyddes de Varennes."

"Celwydd yn d'ên, fynach," bloeddiai de Flavi, a sbarduno'i farch yn ffyrnig ar draws y tad Cyrille a'i fwrw mor erwin nes cwympo ohono yn drwm yn ei waed. "Daliwch y sarhâwr hwn," ychwanegai wrth roddi arwydd i'w wŷr i gydio ynddo.

Ond neidiasai Jeanne i'r llawr i godi'r mynach, ac ebr hi dan deimlad mawr:

"O Iesu, mae o wedi brifo. Cynorthwywch fi i'w ymgeleddu, fy meistriaid, y mae 'nghalon i'n torri wrth weld gwaed Ffrancwr yn llifo."

"Yn wir, nid gweithred gŵr bonheddig mo honno," meddai'r brenin yn llym.

"Na," ebr y Forwyn, "nid yw'r gwir farchog byth yn taro'r gwan; ond, ar f'enaid i, ni chaiff y rhain fy ngadael i mwy, a chyda nawdd ein brenin hael, ceir gweld ai gwir y peth a ddwedant."

"Peth hawdd fydd hynny," ebr Siarl; "heno fe fyddwn yn mynd heibio i gastell de Varennes. Cymerwch eich noddedigion, Jeanne, fe'u gosodwn nhw gerbron yr arglwyddes de Varennes a gwŷr doeth i benderfynu'r achos."

Gyda'r geiriau hyn trodd ben ei farch a chychwynnodd i'w daith. Galwodd Jeanne yn union ar y brawd Jean Pasquerel, darllenydd mynachlog yr Awstiniaid yn Tours, gŵr a roddasid iddi yn gaplan preifat, ac i'w ofal ef yr ymddiriedodd y ddau deithiwr. Archodd hefyd i'w hyswain, y marchog Jean d'Aulon, geisio meirch iddynt; ac wedi eu calonogi â geiriau duwiol, ail ymunodd â gosgordd y brenin.

Wedi eu gadael iddynt eu hunain y peth cyntaf a wnaeth y tad Cyrille a Remy oedd gweddïo'n daer ar Dduw a diolch iddo am y swcwr heb ei ddisgwyl a anfonasai iddynt.

Ond os oedd y perygl wedi mynd heibio, yr oedd y praw pwysicaf eto o'u blaenau; ymhen ychydig oriau penderfynid tynged Remy, a pharai meddwl am hyn i'r ddau grynu rhag eu gwaethaf. Cyd â'u bod ymhell oddi wrth eu nod, llanwai anawsterau'r daith eu holl fryd a threthu eu holl egni; ni phoenent am y moddion i brofi dilysrwydd hawliau Remy; yr adeg honno ymddangosodd seiliau eu cred hwy eu hunain yn brofion digonol i berswadio eraill; ond pan ddaeth yr awr i ddangos gwerth eu profion dechreuasant ofni ac amau! Dyna dystiolaeth Remy, a datganiad y bugail geifr a'i derbyniasai i'w hategu: ai digon hyn i argyhoeddi'r arglwyddes de Varennes i ddechrau, ac wedi hynny y gwŷr a osodid i farnu'r achos? A dyna'r arglwydd de Flavi, a lwyddai ef i godi amheuon er ei fudd ei hun? Yr oedd y tad Cyrille wedi byw rhy 'chydig ymhlith dynion i wybod sut i ddrysu eu cynllwynion, ond yn ddigon hir i'w hofni, a theimlai'n bur anesmwyth ynghylch canlyniad y prawf.

Marchogent ar hyd y dydd, y naill yn ymyl y llall, a'r ddau yn ymboeni ynghylch y prawf oedd i ddod heb feiddio sôn amdano wrth ei gilydd. O'r diwedd, tua'r hwyr, gwersyllodd yr holl lu yng ngolwg castell de Varennes, a daeth Ambleville, un o herodron arfau'r Forwyn, i gyrchu Remy a'i arweinydd.

Yn y neuadd fawr cawsant Jeanne â llawer o esgobion a gwŷr bonheddig a ffurfiai gyngor y brenin o'i hamgylch. Yn agos i'r porth yr oedd yr arglwydd de Flavi â golwg ffyrnicach nag arfer arno.

Y foment y daeth y mynach i mewn efo Remy cerddodd y Forwyn tuag atynt.

"Yn enw y Forwyn Fair," ebr hi, "dowch ymlaen heb ofn, a dangoswch eich profion i f'arglwyddi sy'n wŷr doeth. Os ydych yn dweud y gwir, ac mi gredaf eich bod, fe'u cewch yn llawn tosturi."

Moesymgrymodd Cyrille yn barchus o flaen aelodau'r cyngor.

"Duw a roddo hynny iddynt," ebr ef efo'r math o urddas na cheid mohono y pryd hwnnw ond ynglŷn â gwisg crefyddwr, "canys dywedir yn yr Ysgrythur: 'A pha farn y barno dyn, y bernir ef.'"

Regnault de Chartres, archesgob Reims a changhellor Ffrainc, a roddodd arwydd i aelodau eraill y cyngor i eistedd; yna dechreuodd holi Remy a'r tad Cyrille. Adroddwyd yn fanwl wrtho bopeth a ŵyr y darllenydd eisoes: dyfodiad y bugail geifr ifanc i'r fynachlog, y cyfarfod â'r saethydd, eu hymadawiad, a gwahanol ddigwyddiadau'r daith; yn olaf gosodwyd o'i flaen i ategu eu tystiolaeth yr ewyllys yn y ffurf o lythyr a wnaethai Jérôme Pastouret cyn ei farw.

Gwrandawodd yr arglwydd de Flavi ar yr adroddiad gyda gwên anghrediniol a gwatwarus, ac ar ei diwedd cododd ei ysgwyddau.

"Mae'r chwedl wedi'i llunio'n lled dda," ebr ef mewn tôn ysgornllyd, "a gallai dwyllo gwŷr lled ddeallus; ond cyn ateb y parchedig, erfyniaf am i'r cyngor wrando ar y saethydd, a ddywedodd wrtho gyntaf mewn cyfrinach am ymchwil yr arglwyddes de Varennes."

Galwodd y canghellor amdano, a dygwyd Exaudi Nos gerbron. Dangosodd yntau ledneisrwydd parchus, a gwnaeth hynny argraff ddymunol ar y cyngor. Wedi ei galonogi, archodd archesgob Reims iddo ddywedyd popeth a wyddai; a thystiodd Richard fod y tad Cyrille, ar ôl clywed am ymchwil yr arglwyddes de Varennes, wedi cynllunio i gynnig Remy yn lle'r bachgen a gollasid, ac wedi ei wahodd yntau i ymuno yn y cynllwyn. Rhoddodd ei dystiolaeth mor dawel ac mor fanwl nes siglo'r cyngor. Aethai Jeanne yn ôl ei harfer o'r neilltu i weddïo; ond ar y funud hon yr oedd wedi dynesu atynt nes clywed geiriau diwethaf Exaudi Nos, a dyma hi'n gwaeddi:

"Ha, myn y gywir groes! Fe adwaen i'r tyst hwn; y fo a gynlluniodd yn fradwrus fy angau i pan oeddwn ar fy nhaith at y brenin."

Parodd y datganiad annisgwyliadwy hwn gynnwrf cyffredinol; troes y barnwyr mewn syndod y naill at y llall; gwelwodd Exaudi Nos, a nesaodd y tad Cyrille at Jeanne.

"Ie'n wir, y fo ydyw," ebr hithau, â'i llygaid yn graff ar Richard. "Trwy gymorth y negesydd bwriadai fy moddi wrth groesi'r bont."

"Ac os bu i chi ddianc," ychwanegai'r mynach, "i'r llanc, ar ôl Duw, y mae i chi ddiolch; oblegid ei lais ef oedd y llais a glywsoch yn eglwys La Roche."

"Ha, ar f'enaid i! Os felly y mae hi, fe dalaf innau'r gymwynas yn ôl iddo yntau!" meddai Jeanne, "ac ni wrthyd ein brenin hael ei gymorth i mi i dalu fy nyled, canys cyfiawnder yw."

Cynhyrchodd y digwyddiad annisgwyliadwy hwn adweithiad llawn mor sydyn. Yr oedd y cyhuddiad a wnaed gan Jeanne yn erbyn Exaudi Nos wedi llwyr ddinistrio effaith ei dystiolaeth, a'r gwasanaeth a wnaethai

Remy i'r arwres yn amlwg wedi adfer iddo yntau ddiddordeb y cyngor. Canfu f'arglwydd de Flavi hyn, a llefodd yn anfoesgar ar draws geiriau cymeradwyaeth y Forwyn.

"Ynfyd yw ymresymu ar fater o'r fath; i ochel dadleu ac oedi mi apeliaf am farn Duw ar y peth, a thaflaf fy maneg i lawr i unrhyw rysor a fynnai amddiffyn celwydd y mynach."

Gyda'r geiriau hyn, tynnodd un o'i fenig a bwriodd hi ar gerrig y llawr ychydig gamau oddi wrth Remy.

Trodd y llanc i'w chodi, ond rhwystrodd y tad Cyrille ef.

"Ni ddylid apelio at farn Duw ond yn unig lle y bo doethineb dyn wedi methu," ebr ef, "ac ar hyn o bryd y cyngor sydd i benderfynu."

"Ar f'enaid i! Os meiddiaf fi siarad gerbron gwŷr mor ddoeth," ebr Jeanne, "fe ofynnwn paham nad apelir at yr arglwyddes de Varennes. Fe adnebydd pob gwraig ei gwaed ei hun."

Arwyddodd aelodau'r cyngor eu cydsyniad; ac ar ôl cymryd cyngor yn eu plith eu hunain am ennyd, a pheri i'r mynach a Remy gilio y tu ôl i len, anfonasant am arglwyddes y castell.

Daeth hithau ymlaen â'i chaplan yn ei dilyn. Gwraig oddeutu deugain oed ydoedd, a fuasai unwaith yn hardd, ond yn awr yn llwyd ei gwedd gan ofidiau a gwasgfeydd. Gwisgai amdani ddillad llaes gwraig weddw gyda'r cwfl a'r gorchudd. Wedi deall bod a fynnai'r neges â'i mab, rhedai'n gynhyrfus, a'i gair cyntaf oedd gofyn pa le yr ydoedd. Pwysodd y canghellor arni i ymdawelu.

"Nid yw'r neb sy'n gofyn am yr enw hwn wedi profi hyd yn hyn ei hawl i'w ddwyn," ebr ef.

"Ha, deued yma," meddai'r arglwyddes de Varennes yn ebrwydd, "'rwyf fi'n siŵr o'i adnabod."

"Pa fodd?" gofynnai'r archesgob.

"Trwy ei holi am ei fabandod," meddai'r fam, "a thrwy ddangos iddo'r castell lle y magwyd ef... neu'n well... na, y mae gen i foddion arall, f'arglwyddi, moddion anffaeledig—gweddi Clotilde Sant.”

“Gweddi?”

“A draddodwyd o fam i fam yn ein teulu ni, ac y mae hi fel rhagorfraint y cyntafanedig. Yr oedd fy mab yn dair blwydd oed pan ddysgais hi iddo. Os yw heb ei hanghofio, os medr yn unig adrodd rhai geiriau ohoni, byddai amau wedyn yn amhosibl; canys y fo a minnau yn unig a'i gŵyr.”

A'i llygaid yn chwilio o'i deutu am rywun tebyg i fod yn fab iddi, dechreuodd y weddw furmur mewn llais crynedig:

“Clotilde Sant! Ti sydd heb blentyn ym Mharadwys, cymer fy un i dan dy ofal pan na bwyf fi wrth law, yma'n awr, yn rhywle arall, ac ymhobman.”

Peidiodd, a gwrandawodd fel petai'n disgwyl ateb i'r math hwn o apêl. Yn ebrwydd clywid llais cryf ac ifanc yn mynd ymlaen:

“Clotilde Sant! Yr wyf yn rhoddi fy machgen yn fychan i ti i wneuthur dyn ohono, yn wan i ti i roddi cryfder iddo. Cymer oddi arnaf fi dri o'm dyddiau ac ychwanega iddo ef ddeg, cymer fy holl lawenydd i, a dyro iddo ef y can cymaint!”

Cododd yr arglwyddes de Varennes ei llef, estynnodd ei dwylo, a disgynnodd ar ei gliniau.

“Y mae o'n medru'r weddi!” meddai yn ei dagrau. “Efo ydyw... Fy mab.”

“Fy mam,” atebai'r llais.

A dyma wthio'r llen o'r neilltu'n ddiseremoni, a Remy yn dod i'r golwg ac yn ei daflu ei hun i freichiau'r weddw.

Ni ellir disgrifio golygfa fel hon. Am ysbaid hir ni cheid dim ond beichio wylo, cyfnewid enwau ac ymgofleidio mewn boddfa o ddagrau. Yr oedd aelodau'r cyngor dan deimlad dwys; gweddïai ac wylai Jeanne; a'r tad Cyrille, yn wallgof o lawenydd, a redai oddeutu'r neuadd dan waeddi:

“Mi wyddwn i o'r gorau; roedd y dynghedfen wedi dweud. Y Tarw yn erlid... Y Forwyn a Mawrth yn swcro. Y

Forwyn a Mawrth, dyna Jeanne, Jeanne bur a rhyfelgar, *sicut erat Pallas*. (13) Ac yn awr, achubed Duw Ffrainc, dyma fi wedi achub fy mugail bach."

Pennod VIII

Wrth gymryd yr enw a'r radd a fforddiai ei enedigaeth iddo, ni anghofiodd Remy mo'r gorffennol. Parhaodd i gyfrif y tad Cyrille ei gymwynaswr a'i dad ysbrydol. Cadwodd yr arglwyddes de Varennes ac yntau ef yn y castell, a gadawsant un tŵr i fod yn labordy iddo. Aeth Jeanne hithau ymlaen gyda'i chenhadaeth ryddid, ac ar ôl arwain y brenin Siarl hyd yn Reims, parhaodd i ymlid y Saeson o dalaith i dalaith ac o ddinas i ddinas. Yn y diwedd deallodd fod Compiègne dan warchae, a phrysurodd yno ei hunan i gymryd rhan yn yr ymladd.

Ond f'arglwydd de Flavi oedd llywodraethwr Compiègne, ac ni anghofiasai mai Jeanne yn fwy na neb arall a barasai iddo golli ffortiwn yr arglwyddes de Varennes. Mewn rhuthrgyrch, lle y cilgwthiasai'r gelynion a'i dewrder arferol, arhosodd hi y tu ôl i'r rhai oedd yn dychwelyd, a chafodd borth y ddinas wedi ei gau! Daliodd y Saeson hi'n garcharor, barnwyd a chondemniwyd hi fel dewines, a llosgwyd hi'n fyw yn Rouen. Pan glybu Remy am ei diwedd, wylodd amdani fel un a wnaethai gymwynas iddo ef a hefyd a ryddhasai Ffrainc. Ond am y tad Cyrille, ochneidiodd yntau, er nad rhyfedd y peth yn ei olwg.

"O'r gorau," ebr ef, "cyflawnwyd y dynghedfen... gelyniaeth y Tarw o hyd! Och fi, ni all neb ddianc rhag barn Duw nac ychwaith rhag awdurdod anfad ei seren."

DIWEDD

Nodiadau R. Silyn Roberts

1. *Gwallgofrwydd Siarl VI*:
Wedi bod am flynyddoedd yn frenin dan oed, cydiodd Siarl VI yn afwynau llywodraeth Ffrainc yn 1388. Ond yn lle cyfeirio ei egni i wella cyflwr ei wlad, ymollyngodd i bob rhysedd a moethusrwydd; llygrodd hynny ei gymeriad a gwanhaodd ei gorff a'i feddwl. Yn nyddiau poethaf haf 1392, marchogai gyda byddin yn erbyn duc Llydaw. Aeth un o'i weision i hepian ar ei farch, a gollyngodd ei wayw o'i law; cwympodd honno ar draws helm ddur milwr arall nes peri cryn drwst; dychrynodd y brenin a thybiodd fod rhywun yn ymosod arno. Rhuthrodd ar y sawl oedd nesaf ato dan lefain "Lleddwch y bradwyr." Lladdodd rai o'i ganlynwyr ac archollodd amryw eraill cyn iddynt allu ei luddias* a'i rwymo. Yr oedd yn wallgof; ac er iddo wella dros amser, deuai ysbeidiau gwallgof arno hyd y diwedd. Dyna un o achosion anffodion dirfawr Ffrainc yn y cyfnod hwn.

2. *Aramaeniaciaid*:
Les Armagnacs, canlynwyr y Comte d'Armagnac, arweinydd y blaid genedlaethol yn erbyn y Saeson a'r Bwrgwyniaid. Wedi i'r brenin golli ei synhwyrau, ceisiodd duc Bwrgwyn, Jean sans Peur, fel ei gelwid, gydio yn y llywodraeth, ac i wneuthur hynny llofruddiodd frawd y brenin, sef y duc d'Orleans. Dewisodd canlynwyr yr olaf ymuno dan y Comte d'Armagnac i ddial gwaed eu harglwydd ar y Bwrgwyniaid, a chydnabod mab y brenin

---

* H.y. rhwystro

gwallgof yn etifedd y goron. Lladdwyd Jean sans Peur ar bont Montereau, a daeth ei fab, Philip Dda—Philippe le Bon—yn dduc Bwrgwyn; dyma'r "duc Philippe" yn y stori. Gwnaeth hwn gyfamod â Henri V, brenin Lloegr, i'w gynorthwyo. Priododd hwnnw Catherine, merch hynaf brenin gwallgof Ffrainc. Gwraig hollol ddiegwyddor oedd mam hon, sef gwraig y brenin gwallgof; cymerodd hi ochr ei mab yng nghyfraith a'i merch yn erbyn ei mab ei hun; ac i geisio dinistrio ffydd y Ffrancod ynddo, tyngodd yn ddigywilydd nad ei gŵr oedd ei dad. Yr oedd y tywysog ei hun wedi hanner gredu'r stori hyd nes i Jeanne ei hysbysu fod y Llais yn dweud nad oedd sail iddi, ac mai efe yn wir oedd etifedd coron Ffrainc. Er y stori a phopeth, parhaodd yr Armaeniaciaid yn ffyddlon iddo, ac yn y diwedd, trwy gymorth Jeanne D'arc, coronwyd ef yn frenin Ffrainc dan y teitl Siarl VII yn eglwys gadeiriol Reims ym mis Gorffennaf, 1429.

3 *Romée*:

Enw myg a feddai mam Jeanne am ei bod hi, neu un o'i hynafiaid, wedi bod ar bererindod yn Rhufain; felly adweinid hi wrth yr enw Isabeau Romée, a gelwid ei gŵr yn Jacques D'arc. Gelwid y Forwyn enwog yn Jeanne Romée ar ôl ei mam ac yn Jeanne D'arc ar ôl ei thad. Seinied y Cymro'r enw yn Jeann D'arc.

4 *Anturiaethwyr Arfog (aventuriers armés)*:

Anaml y telid cyflog nac y darperid ymborth i filwyr yn y cyfnod hwn: rhaid oedd i fyddin fyw ar y wlad lle yr ymladdai.

5. *Meddygaeth Arabia*:

Credid yn y Canol Oesoedd fod elfen o ddewiniaeth yng ngwybodaeth feddygol yr Arabiaid, a pharai hynny fod rhagfarn yn ei herbyn. Eto mawr yw dyled Ewrob i Arabia mewn mwy nag un cyfeiriad.

6. *Barbwyr:*

Byddai eillwyr y pryd hwnnw yn dipyn o feddygon hefyd, ac y maent, felly, hyd heddiw yn Poland, lle y mae llawer o arferion a hygoeledd y Canol Oesoedd eto yn aros. Gallai'r eillwyr wella clwyfau a "gwaedu," yn yr ystyr feddygol, nid yn yr ystyr y gwaeda eillwyr ddynion yn ein gwlad ni.

7. *Diwrnod y Penwaig (la journée des Harengs):*

Cyfeiriad at ymosodiad y Ffrancod ar tua dwy fil a hanner o filwyr Seisnig oedd yn dwyn ystôr o ymborth i'r fyddin Seisnig a warchaeai ar Orleans. Yr oedd nifer anferth o benwaig yn yr ystôr, ac yn yr ysgarmes heuwyd y rheiny ar hyd y lle; ond yn y diwedd llwyr orchfygwyd y Ffrancod. Sonnir am yr helynt honno fel "Brwydr y Penwaig."

8. *Iddewon:*

Credid y pryd hwnnw y byddai'r Iddewon yn arfer aberthu plant Cristnogion. Er na byddent hwy'n gwneuthur hynny ymddengys y byddai dewiniaid yn euog o anfadwaith felly.

9. *Cortynau Crogi (cordes de pendu):*

Ymddengys bod cred hyd heddiw ymhlith y werin yn Ffrainc fod darn o gortyn a ddefnyddiwyd i grogi troseddwr yn dwyn lwc i'w berchennog. Gwelodd y cyfieithydd hefyd unwaith ddarn o gantel het merch a lofruddiasid yn cael ei drysori gan Gymro.

10 *Refugâ Pecuniâ:*

"Refugâ," o'r ferf Ladin refugere, dianc yn ôl; "pecunia" yw'r gair Lladin am arian. Credid yr adeg honno y gellid witsio arian nes peri iddynt ddychwelyd yn ôl ohonynt eu hunain i bwrs eu perchennog ar ôl iddo eu talu i rywun arall! Nid annhebyg fod eto ambell un a garai gael gafael ar "swyn" cyffelyb.

11 *Ihesus Maria*:
Iesu Mair yn y Lladin. Lladin oedd iaith crefydd y Canol Oesoedd, ac yr oedd felly yn gyffredin dros holl wledydd gorllewin Ewrob. Crefydd oedd canolbwynt popeth hefyd yr amser hwnnw; hanes yr eglwys yw hanes y Canol Oesoedd, sef "yr oesoedd tywyll," ys geilw rhai pobl hwynt.

12 *Cleddyf â'r pum seren ar ei garn*:
Yr oedd eglwys yn Fierbois wedi ei chysegru i Gatherine Sant. Hysbyswyd Jeanne D'arc gan y Llais fod cleddyf a phum seren ar ei garn wedi ei guddio yn y ddaear y tu ôl i'r allor yn yr eglwys hon ar ei chyfair hi; cloddiwyd a deuwyd o hyd iddo fel y mynegasai'r Llais. Hwn wedi hynny a fu cleddyf y Forwyn, a thystiodd ar ei phraw na thywalltodd ag ef erioed ddiferyn o waed.

13 *Sicut erat Pallas*:
Lladin, o'i gyfieithu, Y cyfryw ag ydoedd Pallas. Un o dduwiesau'r Groegiaid oedd Pallas Athene, duwies doethineb ac arfau rhyfel a'r celfyddydau cain.

Ar gael hefyd o www.melinbapur.cymru

R. Silyn Roberts
Llio Plas y Nos

"...noson oedd hon i lenwi'r ofnus â braw. Symudai cysgodion y cymylau ar hyd wyneb y ddaear, a newidiai cysgodion brigau'r coed i bob ffurf a llun dan gernodiau ffyrnig gwynt y gorllewin. Awgrymai'r cysgodion ansicr eu dawns bresenoldeb ellyllon a drychiolaethau i'r dychymyg; a swniai'r gwynt trwy'r brigau a'r glaswellt fel rhuthr lleng o ysbrydion anweledig yng ngolau gwan, gwelw'r lloer; cymerai pethau cyffredin ffurfiau annaturiol, a hawdd i feddwl dyn oed llithro i stad freuddwydiol ac ofnus, ac ymlenwi â hanesion dychrynllyd am ffyrdd a llwybrau lle y cyniweiria ysbrydion anesmwyth eu byd."

Ar eu gwyliau yng Nyffryn Llifon, mae Gwynn Morgan a'i gyfaill, y Ffrancwr Ivor Bonnard, yn clywed sibrydion am yr hen adfail rhyfedd, Plas y Nos, ac yn dysgu am hanes arswydus y lle. Wedi iddynt fynd i'w archwilio, mae ar Ivor eisiau gwybod rhagor. Tybed, mewn gwirionedd, ai cyd-ddigwyddiad yw hi eu bod ill dau yno?

Stori ddirgelwch gyffrous sy'n cyfleu elfennau o syniadaeth rhamantaidd ei hawdur, cyhoeddwyd Llio Plas y Nos gyntaf yn 1906 a'i hail-gyhoeddi ddwywaith yn yr 1940au. Mae'r argraffiad newydd hon mewn orgraff ddiwygiedig yn cyflwyno'r nofel o'r newydd i ddarllenwyr heddiw.

Ar gael hefyd o www.melinbapur.cymru

W. D. Owen
Madam Wen

Teimlai Morys fod y goleuni'n ymadael, a nos yn dyfod i'w fywyd ar drawiad llygad. "Yr ydych wedi eich dyweddïo?" meddai, yn fwy wrtho'i hun nac wrthi hi.

"Wedi fy nyweddïo, fy nghâr, nid i ddyn ond i adduned. Pan oedd fy annwyl dad yn marw mewn tlodi, gwneuthum adduned y buaswn yn mynnu ennill yn ôl y tir a ladratawyd oddi arnom gan ein gelynion, ac nid ydyw'r adduned eto wedi ei chyflawni."

Pwy yw Madam Wen? Menyw, neu ddrychiolaeth? Lleidr, neu arwres? Person o gig a gwaed, neu'n ddim byd ond sibrwd ar goll yn sŵn y tonnau?

Yr antur gyffrous hon o ramant a môr-ladron yn ystod y ddeunawfed ganrif yw un o nofelau antur orau'r iaith Gymraeg; pan gyhoeddwyd hi yn ystod y Rhyfel Byd Cyntaf roedd hi'n chwa o awyr iach i'w darllenwyr, ac yn ddihangdod o oes o erchylltra.

"Mr. Owen provides us with a good yarn, for which, in this all too sombre world, we owe him thanks. This is the kind of Welsh book we want: a breathless tale that insists upon being real."
—*Liverpool Daily Post*

T. Gwynn Jones
Lona

"Dewines, duwies, drychiolaeth, pa beth? Rhywbeth ond geneth gyffredin o gig a gwaed. Bwriodd ei hud drosto hyd na wyddai ef pa beth i'w feddwl amdani. Agorodd ffenestr ei henaid iddo, a dangosodd beth o'r trysor ysblennydd oedd yno, heb yn wybod i neb ond iddi hi ei hun, ac heb ei bod hithau hefyd, o ran hynny, yn gwybod fod ynddo ddim oedd mor brin a rhyfeddol."

Newydd symud i ardal y Minfor yw Merfyn Owen pan, ar siawns, mae'n cwrdd â Lona O'Neil, y Wyddeles brydferth sy'n byw ar gyrion cymdeithas y gymdogaeth. Ond beth fydd goblygiadau eu carwriaeth i safle Merfyn yn y dref - a beth yw cysylltiad teulu Lona â dirgelwch cefndir Merfyn ei hun?

Ar gael yma fel cyfrol am y tro cyntaf ers dros canrif, ac mewn iaith ac orgraff ddiwygiedig, Lona oedd ffefryn T. Gwynn Jones o blith ei nofelau ac hyd heddiw mae'n glasur yn yr iaith.

"Stori serch yw *Lona*, ac mae'n nofel ddarllenadwy hyd y dydd hwn. Mae'r ddeialog a'r naratif yn ystwyth ac yn naturiol."
—*Alan Llwyd*

www.melinbapur.cymru

Dilynwch ni ar:

X (@melinbapur)
Facebook (@melinbapur